CAR

Carmen Blanco Olaizola

CARRETERAS DEL DESTINO

NOVELA

EL OJO DE LA CULTURA

ISBN: 979-8768400026

2021. Derechos exclusivos de EL OJO DE LA CULTURA
www.elojodelacultura.blogspot.com
elojodelacultura@gmail.com
+44 7425236501

Veo al final de mi rudo camino
que yo fui el arquitecto de mi propio destino
Amado Nervo

Mi vida: río de sensaciones, carreteras de curvas y resaltos.
Pero mi vida, sin lugar a dudas es una incansable amiga que
se va cuando ya nada más te puede pasar.

Anónimo

Capítulo 1

Las Termas se encontraba casi al término de la estación seca, antes de que empezaran las primeras lluvias, a mediados de mayo de 1930. Era martes 13, no de muy buen augurio según decía el refranero local. El calor en el pueblo era sofocante, sin brisa. Quebrada seca sin junco ni grey, olor a tierra quemada, flora adormecida a la espera de renacer tras las primeras lluvias que no tardarían en llegar, los escuálidos espinos desnudaban su amarillez, no así los cardones que se pavoneaban de sus frutos de pulpa roja, blanca, amarilla, anaranjada y fucsia.

Las chicharras ocultas en las ramas de los árboles ya habían dejado de sonar su insistente, monótona y estridente canción del verano, que durante todo el día resonaba en el ambiente con su estruendo, atolondrando el cenizo anochecer, cuando de repente empezaron a cantar sus parientes nocturnos. Con sus violines en diferentes tonos, comunicándose entre ellos, los grillos saludaban a las estrellas desde sus seguras guaridas.

Ensimismado en sus pensamientos iba Don Javier Olavide hacia el bar de su propiedad. Casi todos los días, después de organizar sus cuentas, pasaba por allí para enterarse de cómo habían ido los negocios, y de paso tomarse una copita.

Cruzó el jardín de su casa, pequeño oasis donde la fuente bañaba constantemente a un cupido erosionado y cansado por tantos años en el mismo menester. Las flores estaban hermosas, su hija Alicia cuidaba con esmero su vergel. Rodeado de naranjales y limoneros, las rosas, lirios, capachos, trinitarias y cayenas de diferentes colores perfumaban el ambiente y lo transportaban a otra dimensión, diferente, fuera de las preocupaciones decadentes de su diario acontecer. Las ciruelas de huesito estaban casi maduras, tendrían que cosecharlas antes de la llegada de las lluvias porque si no les saldrían gusanos descomponiéndolas, de la misma forma que a las guayabas, blancas, verdes, rosa, grana.

Flanqueó por el centro la hilera de acacias en flor, frente a la balaustrada principal. Salió a la calle seguido de una hilera de hormigas que se regocijaban cargando pétalos y hojas del esterado y polvoriento suelo. Durante su trayecto, sentía el retumbar de la tierra seca con sus pasos. Según se acercaba a sus guaridas, hacía callar a los grillos. Se iban callando por turnos, como si la tierra se fuera enfriando a cada paso o como si hubiera llegado la noche, cubriendo el ambiente con su oscuro manto sin luna, que traía consigo una tranquila y fresca brisa que lo acompañaba en su trayecto de casi veinte minutos. La casa estaba en lo alto de una colina en las faldas de los primeros cerros de la Cordillera Central. La pulpería, junto con el detal de licores encajado en la parte lateral del establecimiento, estaban a un lado de la plaza del pueblo, al doblar la esquina hacia al norte como para no ver el templo, pero colindante con la casa parroquial que a la vez daba por la izquierda con la Iglesia de San Millán, patrono de la aldea.

Don Javier había escuchado las noticias en la radio: *"Tras dos años desde el alzamiento militar en la madrugada del 7 de abril de 1928 para derrocar al Presidente Juan Vicente Gómez, los militares involucrados junto con el Capitán Rafael Alvarado han declarado su culpabilidad. Así también se dieron a conocer los nombres de los civiles: estudiantes de la Universidad Central de Venezuela, quienes se manifestaron contra el gobierno durante los Carnavales en febrero del mismo año, y de diferentes personalidades de otros sectores de la sociedad quienes presuntamente financiaron la compra de armamento irregular para apoyar la insurrección".*

Eran tiempos convulsos. En las universidades, verdaderos caldos de cultivo de ideas políticas, los jóvenes no soñaban más que en la justicia social, en la transformación radical de su país. Estaban seguros de conseguirlo sin suprimir los principios básicos de la verdadera libertad y de proporcionar bienestar a todo su pueblo sin caer en una dictadura de represión extrema. Aun cuando el régimen del presidente Gómez tenía oprimida a la sociedad venezolana, los jóvenes estudiantes desafiaban las normas a través del estudio de las teorías políticas más avanzadas, tanto socialdemócratas como socialistas, para emprender un nuevo camino que condujera a la democracia y a la libertad popular. Pero el gobierno había reaccionado con una violencia inusitada, y todos los dirigentes opositores habían muerto o vegetaban ahora en las cárceles del Castillo del Libertador y La Rotunda, sometidos a prácticas reiteradas de tortura y tratos bestiales. Por motivos que sólo él conocía, esta realidad tenía cada día más preocupado a Javier Olavide, el hombre de negocios más rico y poderoso del pueblo.

Caminaba despacio, pensativo, cuando de pronto sintió un escalofrío de la cabeza a la cintura pasando por su espina dorsal y terminando como un corrientazo en sus extremidades, cuando al acercarse al primer cruce de caminos escuchó un jinete con trote sombrío tras él. Manta negra, azabache montura. No pudo distinguir la cara bajo el negro sombrero. Aminoró el paso el jinete para retomar el galope al relinchar el alazán.

Esa misma mañana, Javier había ido a Valencia a ver al Notario. En las últimas semanas, sus preocupaciones le habían hecho pensar en redactar un nuevo testamento, pero sus negocios le ocupaban la mayor parte del tiempo y hasta esa misma mañana no había encontrado la oportunidad para viajar a la ciudad vecina. Para colmo de males, el Notario se encontraba de viaje. Regresaría recién la semana próxima.

En el local de venta de licores, seis o siete hombres bebían cerveza y ron, esparcidos en el recinto rectangular con pocas mesas y una barra, iluminado solo por una pequeña lámpara, en un ambiente envuelto en humo del tabaco que la mayoría fumaba. Joaquín, el dependiente, siempre ponía la radio para escuchar música y amenizar el bar, pero esa noche era diferente. Apenas se escuchaba el rumor de algunos comensales y el golpeteo de las piezas de dominó de los que jugaban sentados al fondo del bar. La mayoría sin embargo escuchaban la radio en silencio.

Eran las noticias recientes que el locutor de turno leía una y otra vez, como letanía, en los periódicos de la capital.

De pronto la puerta del bar se abrió. Un forastero entró. Hombre raro, alto y moreno, nariz aguileña y mirada penetrante de ojos oscuros y pequeños, envuelto en una manta negra, sombrero negro que apenas dejaba ver su cara de pocos amigos. Echó un vistazo alrededor y mirando el reloj detrás de la barra por encima de Joaquín, seis y media, buscó un taburete en la esquina y pidió aguardiente y algo para comer.

—No servimos hasta las siete —le contestó Joaquín.

—Son las seis y media pasadas. ¡Adelanta la cena, hombre!

A la luz del candil mostró su altanera sonrisa y un diente de oro que brilló en la oscuridad de la esquina de la barra. Al sentarse se apartó la manta negra. Joaquín pudo notar en su cintura el bulto de una pistola sin funda. No se quitó el sombrero negro, que parecía una extensión de su cabeza como si no se lo quitara ni para dormir.

—No se puede, su mercé. Doña Elena solo viene a cocinar cuando se desocupa en su propio hogar. Hay que esperar, y hoy más porque su pequeño amaneció enfermo.

—¿Cómo te llamas? —preguntó el forastero.

—Joaquín, señor, para servirle.

—¿Conoces a Javier Olavide?

—Por supuesto, señor. Este bar es de su propiedad.

—¿Sabes si vendrá esta noche?

—No es seguro que venga, pero si a usted le urge puedo mandarlo a llamar.

—Mientras espero mi cena, podría hablar con él. Traigo recado.

Joaquín mandó llamar a Daniel, su hijo mayor que lo ayudaba en el bar de vez en cuando, con la intención de ordenarle que corriera hasta la casa del patrón para que viniera. Pero justo en ese momento vio que el propio Don Javier hacía su ingreso por la puerta del salón.

—¡Hola Joaquín! ¿Cómo va todo?

—¡Don Javier! Buenas tardes.

Y volviéndose hacia el forastero:

—El señor aquí lo solicita.

Los dos hombres se vieron de frente, escudriñando cada uno la mirada del otro. Al fin, pareció como si Javier tratara con insistencia de recordar las facciones del forastero. Tenía un lejano recuerdo de esa cara, mirada y actitud altanera, como dueño de la situación cualquiera que fuera. Ese recuerdo se perdía en el tiempo. ¿El jinete en el cruce de caminos? Tal vez, no podía estar seguro, no había podido verle la cara entonces.

—Eustaquio Contreras, para servirle —dijo el hombre.

—Sí, pero ¿de qué le conozco? ¿A qué ha venido a verme?

—Traigo recado del señor Manuel Sánchez. Me ha encomendado para darle las gracias por su ayuda en la toma del Cuartel San Carlos, hace dos años.

—De eso hace ya mucho tiempo. No hay de qué. ¿Y se puede saber de qué lo conozco yo a usted? —inquirió desconcertado Javier.

—Yo era obrero de la fábrica de vidrio de Maiquetía. Junto con los estudiantes y militares insurrectos nos sumamos en la toma del cuartel. Creía en la liberación de nuestra nación de la dictadura opresora y un futuro prometedor para mí y mi familia. Lamentablemente el golpe fracasó.

—No me está contando nada nuevo usted. Pero ¿qué tengo que ver yo en todo esto?

—Hay quienes piensan en una conspiración desde fuera.

—Sigo sin entender, y si usted ha venido hasta aquí para intimidarme, le agradezco que se vaya enseguida o lo mando a sacar.

—Le repito que hubo una conspiración desde fuera y no todos los que tenían que pagar pagaron —replicó el forastero — Tengo entendido que el hijo del comandante general del Ejército, que al principio estaba en la conspiración, en el último momento informó a las autoridades sobre el inminente levantamiento, lo que provocó que fueran apresados sin siquiera haberlo intentado.

—Y con tan mala suerte que cuando los conspiradores se dirigían a San Carlos desde Caracas, fueron detenidos por el propio General López Contreras. ¡No me está contando nada nuevo, hombre! Fueron detenidos y llevados a las cárceles. De cualquier forma, vuelvo y le repito que ¡yo no estuve allí ni tuve que ver nada en ese episodio! -terminó Javier con marcado enojo.

—Pero yo sí estuve allí. Estaba en el grupo que iba a tomar por sorpresa el Cuartel San Carlos. Muchos murieron en el enfrentamiento, y a los que no nos llevaron a la Rotunda en Caracas o al Castillo del Libertador en Puerto Cabello. Cumplí una pena de casi dos años de torturas y miseria en el Castillo del Libertador. Y nunca se supo quiénes financiaron la insurrección o se hicieron ricos a costa de los que hicimos de carne de cañón. Yo, como tantos otros, estaba motivado por mi sed de libertad y justicia social. Toda mi vida he trabajado duro para ganar el sustento mío y el de mi familia. Perdí todo en ese tiempo: me quedé sin hogar, familia, amigos, trabajo ni nada.

Todos los asistentes del bar miraron al unísono al par discutiendo. Algunos tantearon sus propias pistolas, listos para cualquier cosa al ver que la conversación iba subiendo de tono.

Don Javier ya no quiso escuchar más. Bruscamente, se puso de pie y dando la espalda al forastero se dirigió a la puerta del local. Se despidió solo con un ademán y sin voltearse salió del bar.

Pero el forastero salió tras él y trató de asirlo por el hombro izquierdo para detenerlo. Como un acto reflejo, Javier le dio un manotón apenas sintió la mano del otro sobre él, luego giró y dio dos pasos hacia atrás.

Sin darle tiempo a ponerse en guardia de nuevo, el forastero lo miró fijamente a los ojos, al mismo tiempo que le decía:

—Esto es por las torturas, lo que he perdido y las mentiras que hasta ahora había creído —e inmediatamente disparó dos veces.

Justo en ese momento, un rayo cayó cerca e iluminó la noche sin luna por fracciones de segundo, a lo que le siguió un ruido ensordecedor, minutos después, antes de desencadenar una tormenta eléctrica que marcaba el comienzo de la estación de lluvias. El forastero, dando un salto inusitado, montó rápidamente en su caballo y desapareció en la oscuridad de la noche sin que nadie pudiera reaccionar.

Los perros ladraron en el patio. Un poco más lejos, en las faldas de la colina, también se oyó aullar al perro de Don Javier. Siguió un silencio sepulcral por unos instantes, interrumpido por el silbido de un alcaraván que comunicaba la presencia cercana de algún depredador. Un arrendajo solitario le replicó para espantar los malos espíritus de la noche. Pocos minutos después la tormenta eléctrica se desató con rayos, truenos y centellas, lo que produjo un corte de electricidad, antes de que empezara a caer un torrencial aguacero. Don Javier Olavide yacía boca arriba, bajo el dintel de la puerta, con los pies todavía dentro del local.

Ante la perplejidad de los comensales que se veían impotentes frente a la terrible situación, Javier con un hilo de voz requirió al encargado del bar que llamase enseguida al médico del pueblo. Joaquín mandó a la carrera a su hijo hasta la casa del galeno, que no estaba muy lejos de allí. El tiempo pasaba tan lentamente que la escena parecía haberse detenido. Pero en realidad el médico tardó apenas unos minutos en hacerse presente, a pesar de que llovía a cántaros.

—¿Qué pasa? —preguntó al llegar, aunque muy pronto comprendió que no necesitaba respuesta.

—¡Que se nos muere Don Javier! —contestó Joaquín, con ojos llenos de lágrimas. -Ahí está, a ver cómo le cura usted la herida.

El médico se acercó al herido, diciéndole para infundirle aliento, como si fuera un asunto menor:

—¿Qué hubo, Don Javier?

Tumbado en el suelo, herido y cubierto de sangre, el otro contestó con voz ronca, en un susurro:

—Aquí me ve usted. A ver qué se puede hacer.

El médico hizo las curas preliminares, pero no pudo extraer la bala del costado. Un proyectil le había entrado por el hombro derecho y salido sin tocar órganos vitales o arterias. Pero el segundo lo alcanzó en el costado izquierdo, sin orificio de salida. Necesitaría una cirugía, advirtió.

Minutos después la voz de que habían disparado a quemarropa a Don Javier ya se había corrido por todo el pueblo, y enseguida llegó al lugar su sobrino Ignacio. Ignacio era quien dirigía una de las empresas más importantes de las muchas que poseía Don Javier Olavide: su flota de camiones. Después de consolar brevemente a su tío, se dirigió al médico tratando de evitar que Javier los escuchase:

—¿Qué posibilidades tiene de salvarse? —preguntó.

El médico movió la cabeza con gesto desalentador.

—No creo que se puedan abrigar muchas esperanzas. Es imposible operar aquí, no tenemos los medios y está perdiendo mucha sangre.

—Vamos a llevarlo a Valencia sin dilaciones —decidió Ignacio.

En Valencia, la capital del estado, estaba el hospital general más cercano. El viaje sería largo, al menos dos o tres horas. El sobrino regresó muy pronto conduciendo un camión y con la ayuda del médico y de algunos de los parroquianos que aún permanecían en el bar lo subieron a la caja trasera y lo acomodaron lo mejor posible sobre unas mantas. El médico también se acomodó detrás, mientras Ignacio conducía a toda máquina.

Una lividez creciente desteñía el rostro de Javier Olavide, el hombre más rico y poderoso de Las Termas, quien en su delirio iba contando los minutos, desde el momento en que le dispararon, con la convicción de que no le quedaba mucho tiempo. Pero el intento de Ignacio por llegar a tiempo al hospital fue en vano, y Javier murió en el camino, poco antes de llegar al hospital a donde le conducían.

Al día siguiente, después de las investigaciones preliminares, se hicieron las preparaciones para el funeral, que se llevó a cabo en la misma ciudad de Valencia donde habían intentado llevar a Javier para salvar su vida. No hubo mucha concurrencia en la capilla ardiente del recinto velatorio. Solo su mujer junto con sus tres hijos mayores y otros familiares y amigos cercanos, los que pudieron venir en sus vehículos o tren desde Las Termas.

Alba, la esposa del difunto, llegó al hospital algunas horas después de ser avisada del hecho, sólo para enterarse de que su marido ya no vivía. Ella y su sobrino Ignacio tuvieron que hacer las diligencias para pagar los gastos de la funeraria y comprar un panteón familiar en el cementerio de Valencia. Decidieron que no era seguro volver a la aldea de inmediato: el asesino estaba suelto y no se sabía cuáles eran sus intenciones futuras.

Aunque había llovido toda la noche, un despiadado sol de fuego se elevaba sobre las colinas lejanas. Debido a la humedad del suelo por la fuerte lluvia caída la noche anterior, un vaho se elevaba en el ambiente, lo que hacía crepitar aún más los cujíes y apamates que circundaban en hileras los caminos peatonales del camposanto. La sensación de calor húmedo acrecentaba la pesadumbre del cortejo durante la procesión con el féretro.

El séquito lo presidía el Padre Bernardino, un logroñés venido a la parroquia de Las Termas a principios del siglo; a su derecha el monaguillo Abel sosteniendo el crucifijo en alto. A su izquierda, el hijo varón mayor del difunto, Gerardo, con solo diez años y vestido todo de blanco, caminaba cabizbajo pateando los charcos del camino de la mano de Alba, su madre, quien de riguroso luto llevaba un rosario en la otra mano. Hubiera sido difícil decir quién iba acompañando a quién.

Detrás les seguían cuatro hombres cargando el cajón. Ignacio, al frente por ser el más alto, recibía el mayor peso apoyando en su hombro izquierdo el cajón. Del otro lado Joaquín, atrás su hijo Daniel y Don Fermín, el alcalde de Las Termas. Finalmente avanzaba en columna una veintena de vecinos y otros familiares, los únicos que habían podido viajar a Valencia desde Las Termas. Las hermanas de la viuda acompañaban a las dos hijas mayores, quienes vestidas de luto sudaban bajo un sol caliente, cubierto por nubarrones al acecho, con intenciones de explotar su carga de agua sobre el valle central donde se asentaba la ciudad.

Alba sentía que el sudor le reemplazaba las lágrimas. Por tanto llorar, ya no le salían desde lo más profundo de su ser. El Padre Bernardino, bajo su negra sotana, parecía cansado con su andar cadencioso, añorando su Rioja natal. Nunca se acostumbraría al clima tropical: en la estación seca o "verano", ni siquiera soplaba una tibia brisa que refrescara un poco las tardes. Ahora que el "invierno" acababa de llegar, la humedad que se mantenía en el ambiente hacía que un calor sofocante se apoderara de todo su ser, mezclándose con el sudor bajo la sotana. Se sentía cansado y le costaba caminar. Para él, los meses más llevaderos eran de julio a octubre, ya que la tierra, después de ser regada por las fuertes lluvias del invierno, se refrescaba recordándole la primavera en el hemisferio norte, en su amada y tan lejana España.

Había un silencio infernal que apenas se rompía por el trinar lastimero de los "cristo-fue" en lo alto de las dos ceibas que flanqueaban la entrada principal del camposanto. Entre el gamelote surgían plantas ásperas por doquier, rodeando las grandes lozas blancas de las tumbas. Había una de más de cuatro metros de altura cuyo tope se alzaba como una torre de piedra por encima de la ramazón del cují más crecido. Otra gran tumba remataba en una cruz de hierro, y colgando de un brazo de ésta había una corona de metal con florecitas de plástico, que habían resistido a los rigores del tiempo en aquel cementerio.

Don Javier había muerto abruptamente, antes de tiempo. Nadie parecía comprender las razones de un final tan trágico como aquel, o al menos nadie quería suponerlo. Su entierro no fue pomposo, aunque hubiera sido en vida el hombre más poderoso del pueblo. Su presencia había sido una continua proclamación a la vida y el progreso de aquella aldea, ahora su muerte dejaba un vacío abismal que nadie podría llenar. Desde su llegada, muchas décadas atrás, el difunto había sido el alma del pequeño pero sostenido desarrollo de aquel pueblo, y muchos presentían que ahora esta aldea sin pasado ni futuro, apenas un cruce de caminos en las faldas del Picacho del Diablo en la Cordillera Central, estaba condenada a quedarse aislada, envuelta en su propio destino. Solo las aguas termales, su única atracción aunque desconocida para muchos, atraía a aquellos que habían oído hablar de ellas y que tenían los medios para visitarlas. Había sido gracias al ferrocarril construido a finales del siglo anterior, que unía la capital de la nación con Puerto Cabello, que visitantes de distintos puntos del país habían comenzado a llegar a esta maravilla de aguas sulfurosas.

Todos temían que la muerte de Don Javier significara un futuro incierto que llevaría al pueblo hacia lo desconocido. Dejaba una viuda con seis hijos, la mayor con solo trece y la menor con un poco más de un año de nacida. Unos descendientes que deberían significar la continuación de su estirpe, de sus negocios y de la prosperidad para todos en el pueblo. Pero ¿sería realmente así?

Después del entierro y de regresar a Las Termas, tras una semana y media que pasó lentamente entre novenarios, llantos y desasosiego, su viuda decidió por fin que era hora de hacerse cargo de la situación. En vida, Javier se ocupaba completamente de todo lo que tuviera que ver con los negocios, las propiedades, las finanzas de la familia. Su papel era, como todas las esposas de aquellos tiempos, ocuparse del hogar y de los hijos. Pero la situación había cambiado, y para saber por dónde empezar Alba regresó a Valencia para ver al Notario, acompañada de su hermana menor Mirta.

—Buenos días, Doña Alba —la recibió el hombre —Mi más sentido pésame. ¿Cómo le va?

—¿Cómo cree que esté, don Manuel? Esta tragedia no tiene nombre.

—¿En qué puedo servirle?

—Verá, yo vengo para que usted me diga cuál es la situación patrimonial y empresarial de mi marido. Como sabrá usted, Las Termas es un pueblo pequeño y se escuchan rumores y chismes de todo tipo, que ahora no vienen al caso, claro.

—Me enteré a los pocos días del desafortunado deceso de Don Javier que él había venido a verme esa misma mañana —señaló con gesto apesadumbrado el Notario —Lamentablemente yo estaba en la capital por un asunto urgente. No tengo conocimiento de cuáles eran sus intenciones cuando vino. Pero respecto a la situación de sus negocios, puedo adelantarle que hace varios años le redacté un documento a petición de él mismo, inmediatamente después de que su sobrino Ignacio contrajera nupcias con su hermana mayor, Maira.

Maira era la mayor en la familia de Alba, y a todos había sorprendido en su momento que esa mujer de carácter fuerte y no demasiado agraciada se hubiera casado con el sobrino de Javier, bastante menor que ella. Las dos hermanas se miraron al unísono, asombradas por lo que acababan de escuchar. Con un sentimiento extraño, casi como una premonición, Alba le preguntó intrigada:

—¿Y se puede saber a qué se refiere ese documento? ¿Qué dice exactamente?

Afuera del despacho comenzó a llover torrencialmente. El invierno no había tardado en llegar con sus primeras fuertes lluvias al atardecer. De pronto hubo un apagón de luz poniéndolo todo oscuro. Alba se sentía incómoda y tomó de la mano a Mirta como para sentirse de algún modo segura.

Después de traer unas velas y encenderlas para alumbrar el recinto, recién entonces el Notario pudo responder a la pregunta. Con voz ronca y tras carraspear la garganta, como para dar intensidad a lo que iba a decir, pausadamente dijo:

—Tengo el deber de informarle que según su disposición testamentaria, el legado patrimonial consistente en las viviendas que don Javier poseía en Las Termas y Valencia, pasa a quedar en manos de su esposa, o sea de usted. En cambio, la propiedad de todas las empresas de su marido fueron transferidas al señor Ignacio Arreaza, su sobrino, y a su señora esposa Maira Rojas de Arreaza.

Alba sintió que su mundo se derrumbaba. Detestaba a su hermana mayor. Siempre tan mandona y segura de sí misma. Creía que todo lo sabía y que tenía el poder de manejar las vidas de todas ellas: su madre y sus hermanas, a su antojo. Y se decía en el pueblo que siempre había estado enamorada de Javier, aunque al final se había casado con su sobrino Ignacio. La odiaba con todas sus fuerzas. ¡Y ahora esto!

Alba sabía que durante casi veinte años, desde que había regresado de Canarias, Ignacio se había convertido en la mano derecha de su tío en la gestión de sus empresas, pero no lograba comprender que hubiera puesto en sus manos la herencia de las mismas. Y mucho menos, en las de su hermana Maira, quien desde que se había casado sorprendentemente con el muchacho, no hacía más que dinamitar la relación con el resto de la familia.

Sintiendo calor en la cara por la ira y con el corazón latiéndole fuertemente, Alba le pidió el documento al Notario. Tenía que leerlo personalmente para estar segura a qué atenerse y pensar con la cabeza fría cuál sería el siguiente paso a tomar.

Capítulo 2

Sus familiares y la gente de fuera siempre habían considerado a Ignacio como un adolescente travieso y alegre, algo así como el adorno del pueblo. Era indispensable en las fiestas patronales, bodas, cumpleaños y bautizos, en su aldea y en las de los alrededores. Tocaba tan bien la guitarra y cantaba con voz de barítono, que con su ingenio para improvisar contrapunteos invitaba a otros a cantar con él y a participar en el baile. Él mismo se distinguía por su agilidad en los bailes, era el alma de la fiesta. Todos lo adoraban por su encanto personal y talento musical.

Sus facciones eran el vivo retrato de la familia materna: pelo negro y liso, nariz recta, ojos castaño oscuros con mirada profunda e ingenua, su tez era clara con labios de sonrisa alegre. Algunos decían que Ignacio era débil, pero él nunca había tratado de convencerlos de que quizás se engañaban. Le gustaba sentirse protegido y mimado.

Siendo único hijo de madre soltera, había pasado su infancia en una casa grande, la más bonita e iluminada del pueblo, sin más niños que él. Su tío Miguel vivía con sus abuelos en una finca ubicada en Montalbán, a más de 80 kilómetros de Las Termas. Su tío mayor, Javier, tenía su propia casa en la parte alta del pueblo. Las Termas constaba para entonces de solo dos hileras de casas divididas por una carretera, que hacia el norte conducía al principal puerto del país y hacia el este a la capital del estado. Había una estación de ferrocarril, que comunicaba al pueblo con las principales ciudades del país, y una iglesia en lo alto de la colina en las faldas del parque nacional, un lluvioso y exuberante bosque tropical.

Su madre Edurne lo había tenido cuando era muy joven, y nunca quiso revelar quién era su padre. Cuando Ignacio cumplió 16 años, Edurne empezó a inquietarse. A veces lo veía pasarse horas enteras mirando el cielo en una contemplación extática o en su habitación practicando acordes en su guitarra y componiendo contrapunteos. Ya no quería ir más a las fiestas del pueblo. De su alegría habitual, había pasado a un estado de melancolía inexplicable. No le comunicaba a ella qué le pasaba, le costaba mucho hablar de su vida privada con su madre.

Había terminado la escuela, y por recomendación de su abuelo tendría que viajar a la capital para continuar sus estudios, pero como se negó rotundamente lo enviaron a trabajar en el puerto. La vida había sido muy fácil para él hasta entonces, sin deberes, obligaciones ni responsabilidades. Con dieciséis años, ya era hora de que aprendiera algún oficio para mantenerse y cuidar de su madre cuando sus tíos y abuelos faltaran. Como músico no tenía futuro allí.

Así que cargó maletas en la estación de ferrocarril y fardos en el muelle, ayudó con las labores de carga y descarga de los buques que llegaban al puerto y trabajó en un hotel ayudando en la cocina. Al pasar un poco más de un año, conoció a un capitán que le ofreció trabajo en un barco próximo a salir en los siguientes días para las Islas Canarias, con cargamento de café, tabaco y cacao.

Un sábado por la tarde, luego de terminar su día de trabajo, Ignacio iba pensando por el camino cómo decirle a su madre y a su abuelo que estaba dispuesto a viajar a Europa para trabajar y conocer mundo. Con su experiencia no tendría problemas en conseguir otro empleo cuando el trabajo en el barco terminase. Se sentía hecho y derecho con sus 17 años para emprender una nueva aventura.

Al día siguiente, Ignacio se fue temprano al puerto. Regresó por la tarde pensando cómo despedirse de sus seres queridos. Al llegar a su casa, abrió la puerta sin ruido como siempre y entró. La cocina era grande, espaciosa. El sol entraba por la ventana del fondo iluminando la estancia con sus tibios rayos de septiembre. Después de saludarse, madre e hijo se abrazaron y permanecieron un rato sin hablar. En eso llegó su abuelo, era domingo y como de costumbre venía a cenar con su hija y nieto. Cuando se sentaron en la mesa, Ignacio les dijo que se disponía a viajar en un barco para trabajar. Saldrían en dos o tres días, no sabía cuándo regresaría. Al escuchar las palabras que su hijo acababa de pronunciar, Edurne, sobresaltada y sintiendo una opresión en el pecho, le preguntó:

—¿Cómo es eso de que te vas a Canarias? ¿Tan pronto?

Como su hijo no le respondía, miró fijamente a su padre con ojos inquisitivos pidiéndole su opinión y diciéndole al mismo tiempo:

—¿No vas a decir nada, papá?

Éste solo le dijo que ya era un hombre hecho y derecho. Lo que hiciera con su vida de ahora en adelante era asunto suyo. Así aprendería por su propia experiencia de la vida. Ninguno de los presentes dijo nada más. Comieron en silencio, como si todos estuvieran absortos en sus propios pensamientos.

Por la noche Ignacio fue a ver a su tío Javier, que normalmente estaba en su retal de licores después de las siete. Le explicó lo que les había dicho a su madre y su abuelo. Ya era hora de buscar fortuna más allá de los mares. ¿Que había obstáculos? ¿Y qué? Él era joven, fuerte y lleno de vida.

—Siento mucho dejarlos ahora —le explicó a su tío —pero viajando tendré la oportunidad de conocer otros lugares, países, personas. Este pueblo se me ha hecho pequeño, tío. No puedo estar dependiendo de mi abuelo toda la vida. Aunque he nacido aquí, no soy persona de campo, no me gusta cultivar ni criar animales.

—No te preocupes, Ignacio. Te comprendo, yo tampoco nací para arrear ganado o tener grandes cultivos, menos aún lidiar con obreros y capataces. Es por eso que me ves aquí. Aunque me crie desde muy pequeño en esta aldea, soy hombre de negocios. Aprendí en la capital a vivir la vida citadina. Pero como ves, mis propiedades y actividades comerciales me han hecho quedarme. También en el futuro quisiera casarme y tener una familia como Dios manda.

El día de su partida, Ignacio se levantó de madrugada. Al primer canto del gallo salió a despedirse, en la soledad del amanecer de su aldea. Mientras las casas se despertaban abriendo sus ventanas y puertas, escuchó a las guacharacas que con su parloteo se reunían en lo alto de las copas de los árboles para conversar, mientras comían paraparas. A lo lejos se oían los becerros, en los corrales, llamando a sus madres. Separadas de ellos a la hora del ordeño, las vacas les contestaban con sus potentes mugidos, mientras el ordeñador en su canción las llamaba por sus nombres para calmarlas: "Mariposa", "Lucerito", "Bella", "Margarita"… Vio a los niños, limpios y bien vestidos, que se dirigían a la escuela situada en la calle principal. Con sus ventanas abiertas se veían sus pupitres, la pizarra y mapas en las blancas paredes de cal viva.

En la plaza se erguía la torre ennegrecida de la iglesia entre la bruma. Cuando el reloj dio las once, Ignacio volvió a casa al darse cuenta de que la mañana había pasado tan de prisa, no sin antes pasar por el horno del pueblo para comprar panecillos dulces calientes. Era una excusa para ver a Hermelinda, la hija de la panadera, su amiga de la infancia. Con sus dieciséis años se había convertido en una hermosa mujer. Tenía el pelo castaño oscuro y esos ojos enormes de mirada profunda, imposibles de olvidar. Se despidió de ella con la promesa de que pronto volvería.

A mediodía se reunieron otra vez en la cocina para comer, junto con su abuelo que vino a despedirlo, desde su hato en Montalbán. Edurne miraba a su hijo con amor y angustia a la vez. Nunca se había separado de él por tanto tiempo. Cuando trabajaba en el puerto iba y venía todos los días en tren. Ahora no sabía cuándo volvería a verlo. Una nube de incertidumbre le invadió la mente por unos instantes, y volviendo en sí le preguntó, con sus ojos verdes hinchados de tanto llorar, si todo estaba preparado.

—Sí, mamá. Todo. —respondió Ignacio.

Abrazó y besó tiernamente a su madre. Seguidamente subió al Ford T que su abuelo había comprado ese mismo año, que lo llevaría a la estación de tren. Cuando éste arrancó, Ignacio sintió una puntada en el costado izquierdo.

—¡Hasta la vuelta! —gritó agitando la mano derecha, al mismo tiempo que sus ojos se llenaban de lágrimas.

A los pocos días de llegar a Gran Canaria, Ignacio empezó a trabajar en un almacén del puerto. Con el tiempo se dio cuenta de que no tenía vocación de comerciante y se colocó en una destilería de ron, donde trabajó por algunos meses. El trabajo era duro, con largas horas de labor. Luego trabajó en una fábrica de tabacos y aprendió, con sus habilidades manuales, el oficio rápidamente. Hizo de todo un poco ya que tenía entusiasmo y muchas ganas de trabajar y ganar dinero pronto. Al final todos estos trabajos eran aburridos, monótonos y poco creativos para él, artista y músico de vocación.

Con sus ahorros se retiró de ellos y empezó a tocar en una banda musical, que no le reportaba mucho para vivir decentemente y ahorrar, aunque se divertía de lo lindo. Era un grupo musical no muy grande compuesto de seis músicos. Dos tocaban guitarra, y uno de ellos era Ignacio. Los otros músicos tocaban los instrumentos típicos de las Islas Canarias: el timple de 4 o 5 cuerdas, la bandurria de 6 cuerdas, parecida al laúd, y el otro tocaba flauta y tamboril tinerfeño. Todos cantaban, pero había un solista que cantaba con voz de tenor las canciones típicas canarias. Los contrataban para tocar y cantar en fiestas, serenatas y bodas, así como en los festivales de la región.

Ignacio recibía cartas de su madre cada dos o tres meses. Su tío Javier le escribía también, pero con menos frecuencia. Les contestaba a los dos, tan pronto como recibía sus cartas, contándoles cómo le iba en la isla y los cambios que se iban desarrollando en el puerto: había pasado más de un año desde su llegada a Las Palmas, la capital de la Gran Canaria. En ese mismo año de 1909 había fracasado un plan de mejora del Puerto de La Luz; pero un año después, en 1910, el incremento sostenido de la actividad portuaria llegó a superar al Puerto de Santa Cruz de Tenerife, para convertirse en el principal puerto del archipiélago.

Al cabo de casi dos años de trabajar como músico, Ignacio se vio sin dinero para pagar el alquiler de la pensión donde vivía, ya que la banda con la que tocaba se desintegró porque dos de sus miembros se fueron a vivir a la península donde tendrían mejores condiciones salariales. Fue entonces cuando se dispuso a buscar un nuevo trabajo. Y terminó trabajando para "Casa Paraíso", el burdel más famoso de la isla. No ganaba mucho, pero lo bueno era que no tenía que pagar alquiler, ya que le dieron habitación en esa casa de citas, ubicada en una localidad fuera de Las Palmas, la capital de la isla. Allí sirvió un poco para todo, aunque al final su principal trabajo se limitaba a poner de patas en la calle a aquellos que solo iban a crear problemas.

Sin recibir más correspondencia de su madre ni de su tío Javier, fueron pasando los meses hasta que se hicieron un poco más de tres años viviendo en la isla. Empezó a sentir la necesidad de ver a su madre y volver al pueblo donde había sido feliz en su infancia y adolescencia. Sintió la nostalgia de su tierra de un modo doloroso. Un buen día, cansado de su peregrinaje y sin pensarlo más, zarpó en el primer buque que lo llevaría de regreso a su terruño.

Al llegar al país vio todo diferente: el puerto había crecido en tamaño y población. Parecía un enjambre vibrante donde trabajadores, empleadores y algunos turistas se disputaban el lugar y ocupación de éste. A primera vista no vio a nadie conocido. Después de comer algo en un mesón, se fue rápidamente a la estación para coger el último tren que lo llevaría a su pueblo.

Apenas un poco antes de las seis de la tarde, se asombró al ver tanta gente en la plaza. Normalmente los pobladores de Las Termas a esa hora se sentaban al frente de sus casas para charlar con los vecinos, disfrutando de la fresca brisa de la tarde. Parecía que había una fiesta, ya que la plaza estaba repleta, con música y tarantines vendiendo comida y bebidas refrescantes. Unos juglares hacían sus malabares en el centro de un círculo de personas que los aupaban y vitoreaban. Algunos les echaban monedas en un sombrero volteado que tenían en el suelo para tal fin.

En esos años que Ignacio había estado ausente el pueblo había cambiado bastante. Había personas venidas de otras localidades que se habían asentado en aquel pintoresco lugar. Incluso aquéllos que no simpatizaban con el sistema político actual, encontraban paz en una aldea camuflada entre cruces de camino, el río y la montaña, a pocos minutos del mar.

El pueblo había prosperado: había más casas con sus corrales y jardines, calles laterales, nuevas caras. Hasta habían construido un hotel con una piscina de aguas termales a la salida, en una intersección que empalmaba la carretera original.

Enseguida se encaminó a la casa de su madre, su casa. Tuvo una gran impresión de extrañeza al llegar. Ya no quedaban flores en el jardín del frente. Habían cortado el enorme mamoncillo que daba sombra a la entrada principal durante el atardecer. "¡Vaya! ¡Hasta la casa se ve diferente!" exclamó. No estaba el coche tirado por caballos del abuelo, que había quedado guardado a un lado del jardín frontal cuando compró su primer carro, el mismo año que él viajó a Canarias, bajo el tinglado que sostenía la parra que ahora estaba seca, y que lindaba con la cerca lateral de trinitarias.

Ignacio hizo sonar con fuerza la aldaba de la puerta. Siempre daba tres golpes fuertes y rápidos, seguidos de otros dos más distanciados, para hacer saber a todos que era él. Después de una larga pausa, que le pareció infinita, una mujer vieja, morena y gorda, con el pelo recogido en un moño detrás de la cabeza y vestida toda de negro, llevando un delantal blanco, y totalmente desconocida para Ignacio, abriéndole la puerta le preguntó quién era.

—Soy Ignacio Arreaza. ¿Quién es usted? Ésta es mi casa —dijo Ignacio rápidamente, sin dejarla responder y tratando de entrar en la casa.

Casi enseguida salió un hombre más alto y fuerte que él. Parecía un zambo salido de las plantaciones de caña de azúcar, llevaba pantalón y camisa de algodón crudo y alpargatas. De pronto, apartando a la mujer lo detuvo en seco. Con un rictus en una boca sin labios, voz que le salió desde muy dentro y retumbó en el ambiente le dijo:

—Esta casa fue vendida a Don Marcelino Aponte hace unos meses. Me llamo Agustín Rodríguez. Soy el capataz y no tengo permiso para dejarlo entrar. Los señores están de viaje en la capital. ¡Ahora márchese!

Ignacio, aparentando serenidad, trató de hacerle preguntas. Pero el hombre se dio la vuelta casi enseguida haciendo entrar a la mujer al mismo tiempo que él y cerró la puerta con fuerza, dejando a Ignacio hundido en un mar de incertidumbre.

No podía comprender lo que acababa de ver y escuchar, se sintió vulnerable, desprotegido, sin hogar. Se le hizo un nudo en la garganta y contrajo los músculos de la cara de rabia tratando de evitar el llanto. Con los dedos ciñendo con fuerza su talega hasta el dolor, cogió su maleta de cuero que había dejado en el suelo del umbral mientras tocaba la puerta y se dirigió de prisa a la casa donde, al menos hasta su viaje a Canarias, había vivido su tío Javier.

Mientras iba camino a la casa de su tío, pateaba con fuerza algunos guijarros del camino, se sentía muy cansado. En medio de su congoja, una nube gris con pensamientos oscuros y confusos se apoderó de su mente. Un mar de lágrimas le inundaron los ojos. Sin poder contenerlas, solo pensaba en ver a su madre. ¿Dónde estaría? ¿Por qué ni su abuelo ni su tío Miguel nunca le habían escrito? Hacía mucho tiempo que no recibía correspondencia de su madre, ni de su tío Javier. ¿Tal vez porque se fue a trabajar a aquel sitio, en medio de la nada, un poco camuflado y sin dirección postal? Necesitaba el consuelo de la cercanía familiar. Sintió sed de información y explicaciones de lo que estaba pasando o ¿había pasado?

Al llegar a la casa de su tío sintió una especie de calor de hogar y la seguridad de lo familiar que le devolvió la compostura, cuando tocó la puerta y le salió la señora Amalia, que trabajaba en la casa.

—Buenas tardes Amalia, quisiera ver a mi tío. ¿Se encuentra en casa, o estará en la pulpería?

—A estas horas Don Javier ya debe haber cerrado la pulpería y lo más seguro es que su mercé lo encuentre en el detal de licores.

Ignacio, dándole las gracias a Amalia por la información que le dio, dejó su equipaje allí y se dirigió al local. En su recorrido desde la casa de su tío hasta el bar, vio entre tanta gente desconocida que a su vez lo veía con indiferencia, a Federico, un amigo de la escuela, y como no lo reconocía al verle lo saludó.

—¡Hola Federico! ¿Cómo estás? Soy Ignacio ¿Te acuerdas de mí?

—¡Ignacio! ¡Hombre! ¡Cómo has cambiado! Estoy bien, gracias. ¿Y tú?

—Como ves, he llegado de viaje hoy mismo y voy a ver a mi tío.

—¡Bienvenido! Estoy un poco apurado, pero nos podemos ver mañana. ¿Qué te parece?

—Sí, hasta mañana. Saludos a tu mamá, Federico.

—Adiós, Ignacio.

Ignacio comprendió que no era consciente de lo que había cambiado. Tal vez en esos tres años había madurado y no se había dado cuenta hasta ahora.

Al llegar al bar, su tío al reconocerlo de inmediato lo recibió emocionado con un fuerte abrazo. Lo invitó a sentarse en una mesa en un rincón, bajo la luz de una lámpara. Javier pidió cervezas para los dos y así poder hablar con más tranquilidad. Entonces Ignacio le contó, compungido, lo que había pasado cuando llegó a su casa. Su tío, tratando de calmarlo empezó explicándole, no sin dolor, despacio y cariñosamente:

—Hace más de un año desde que recibí tu última carta. Yo te respondí ese mismo día, pero creo que no recibiste mi correspondencia, porque no me contestaste esa última carta donde te participaba la muerte de tu madre, esa misma semana. Me pareció extraño que no me contestaras, ya que desde entonces perdimos comunicación. Tu abuelo había muerto de paludismo unas semanas antes de haber enterrado a tu madre. Una plaga de paludismo alcanzó a llegar a su hato en Montalbán y lamentablemente se lo llevó consigo. Con el dolor que les produjo la muerte de Edurne, Aída también le siguió muy pronto. Fueron meses trágicos para la familia. Primero tu abuelo, después tu mamá, y más tarde tu abuela. Los tres se fueron al otro mundo uno detrás del otro. Tu tío Miguel vivía en Caracas, pero al saber que nuestro padre cayó enfermó de gravedad fue a verlo. En los días que estuvo allí, lamentablemente papá murió dejando a Aída enferma también. Por consiguiente, Miguel se quedó en el hato organizando cuentas y otros asuntos que tu abuelo había dejado pendiente.

No pasó mucho tiempo después del funeral de tu abuelo, cuando nos dimos cuenta de que tu madre estaba enferma. Aunado con el dolor que le produjo la muerte de tu madre y de tu abuelo, tu abuela no resistió por mucho tiempo más la enfermedad y la pena que la consumía, su cuerpo se había debilitado demasiado por lo que al cabo de un par de semanas falleció también.

Al cabo de los funerales, misas y rezos que se extendieron por unas cuantas semanas más, Miguel vendió la casa y se fue a la capital de nuevo para continuar sus estudios en la universidad, pero te dejó la mitad del importe conmigo. Así podrás comprarte una casa nueva, más pequeña. El hato con la casa y los cultivos de café se están negociando, aun no lo ha podido vender porque tenía apremio de irse a la capital. Vivimos en tiempos convulsos y no es fácil conseguir comprador para un hato en Montalbán en estos momentos.

Ignacio, estallando en llanto, preguntó si su madre había muerto también de paludismo. Él siempre la había visto como una mujer muy saludable, aunque frágil de contextura. No podía comprender lo que le había pasado, cuando su tío le dijo que su madre estaba enferma pero nunca se quejaba de sus dolencias.

—Cuando el médico la vio dijo que ya le quedaba poco tiempo. No supimos con certeza lo que le pasó —concluyó Javier —Lo siento mucho, hijo.

Ignacio no podía imaginar no volver a ver la mirada verde-mar de su madre, acariciar sus finos y perfumados cabellos ondulados que crecían a su antojo como los de un ángel, escuchar su voz suave, amorosa y cálida, cuando lo llamaba "Nacho". Era la única persona que lo llamaba así. Nunca lo había reprendido cuando de pequeño iba con sus amigos al río y volvía a casa al oscurecer. Ni siquiera lo regañaba por las tardes ociosas en que juntos con sus compañeros de la escuela les tiraban piedras a los perros del sacerdote al pasar por la sacristía.

—A lo sumo me hacía rezar todas las noches y pedirle perdón al cura, cosa que me fastidiaba, porque el cura era muy antipático —le dijo Ignacio, añadiendo —No sé cómo agradecerte, tío.

—No te preocupes. Ya tendrás tiempo de hacerlo. Has llegado en un buen momento.

—¿Buen momento? ¡Hubiera querido regresar antes! Ahora ya es tarde para haber hecho algo por mi madre. Si tan solo me hubiera dicho que estaba enferma.

—Sabes cómo era ella de reservada. Ahora no hay vuelta atrás, lo siento mucho. Ahora tienes que pensar en tu futuro. Y te repito: "has llegado en un buen momento", porque hay un negocio que voy a emprender este mismo año y se me ocurrió pensar en ti para que trabajemos junto en esto. Pero mejor hablamos mañana, ya es muy tarde y tienes que descansar. Ven, vamos a casa juntos.

Amaneció lloviendo la mañana siguiente. Javier le pidió a Ignacio que lo acompañara a la pulpería, pero éste le dijo que antes quería ir al cementerio para visitar la tumba de su madre. Desayunaron, tomaron café y salieron. Ignacio le llevó flores a su madre y estuvo un largo rato sentado sobre su lápida llorando, le pidió perdón por no haber estado con ella en sus momentos más difíciles. Pasaron frente a las tumbas de sus abuelos, pero deteniéndose solamente para leer las inscripciones.

Al llegar al bar, se instalaron cómodamente y su tío le comunicó a Ignacio sus planes:

—Este año el gobierno ha decretado una nueva política vial para lograr la integración nacional a través de la construcción de carreteras troncales que unirán a las principales ciudades, donde están los centros productores, con los consumidores. Si bien las locomotoras han sembrado el germen del progreso, su capacidad es limitada. Éstas solo pueden llegar hasta ciertos y determinados asentamientos urbanos, aquéllos que disponen de una estación ferroviaria. Además, hasta ahora solo se usan casi exclusivamente para el transporte de pasajeros, porque son pequeñas y muy engorrosas para hacerlas funcionar, ya que usan carbón para este fin —dijo Javier.

Ignacio lo escuchaba con atención, pero no podía entender para qué hacer carreteras si no había suficientes automóviles en el país.

Javier se lo explicó:

—En los tres años que has estado fuera, el país, después del descubrimiento de importantes yacimientos de petróleo, ha empezado a producir combustible, así como también está importando vehículos de todo tipo para uso privado y transporte de mercancías. Es por esto que se están empezando a construir carreteras y pueblos nuevos donde haya producción y extracción de bienes.

Javier se movió acompasadamente en su silla, e hizo un gesto con las manos como abarcando el país.

—La idea central del gobierno —continuó —se basa en la construcción de un extenso tinglado de vías que hará más independiente el movimiento de personas, así como también la distribución de productos en todo el país.

—¿Y de dónde van a sacar gente para que haga ese trabajo tan duro? —lo interrumpió abruptamente Ignacio —¿Acaso los campesinos van a dejar sus tierras para ponerse manos a la obra?

—Bueno, supongo que los obreros serán los presos políticos, atados a un grillo y armados de pico y pala, según he oído decir. Ellos serán los que abrirán las brechas para facilitar la construcción de las carreteras.

Javier sonrió con un gesto de ironía.

—¿Y de dónde va a salir el dinero? —insistió el joven.

—Hay recursos suficientes. —agregó su tío —Yo he presentado una licitación para la compra de tres camiones para este fin, ya que estamos en un lugar privilegiado entre Puerto Cabello y Valencia, la capital del estado. Necesito un hombre de confianza y quién mejor que tú. En estos momentos no encuentro quién sepa conducir y además tenga conocimientos de mecánica. La mayoría son conductores inexpertos. Con el tiempo podrías tener un puesto de mayor relevancia.

Javier había comprado una flotilla de tres camiones para la distribución de cemento y otros materiales para la construcción de las carreteras. Estos llegarían muy pronto por barco al puerto de La Guaira, después se trasladarían por ferrocarril, en el tramo Caracas-Valencia-Puerto Cabello.

—Muchas gracias, tío. ¿Pero para cuándo sería eso? Tengo que instalarme antes. —insistió Ignacio.

—Tendremos los camiones aquí en dos o tres semanas, a más tardar. Ya tendrás suficiente tiempo para asentarte en tu nueva casa.

—Sí, claro. Pero es que antes tengo que conseguir una apropiada. —dijo Ignacio y continuó: —Como me habías dicho, mi tío Miguel me ha dejado la mitad del dinero de la venta de la casa de mi familia. No creo que con eso tenga suficiente para comprar una casa "apropiada".

—Están construyendo algunas casas nuevas a la salida del pueblo —Javier le dijo inmediatamente, y suavizando el tono de la conversación: —Son pequeñas, pero tienen todo lo necesario para un hombre soltero como tú. Esta misma tarde te daré el dinero y vas a ver al señor Manuel Enríquez en la oficina de correos. Él te indicará cuándo y dónde puedes ir a ver esas casas.

Y sin decir más, se despidió cariñosamente de su sobrino y se fue a trabajar.

A Ignacio le pareció una excelente oportunidad la que le estaba brindando su tío. Había aprendido a conducir cuando estuvo en Gran Canaria, y también tenía conocimientos de mecánica y hasta sabía cómo cambiar una rueda. Lo demás lo aprendería en el trabajo. Siempre había sido ambicioso y decidido.

Desde ese momento la vida de Ignacio tomó un nuevo rumbo con la intervención de su tío.

Capítulo 3

Delgado pero no muy alto, Javier Olavide infundía respeto con su presencia: barba bien afeitada, bigote espeso sobre unos labios finos pero bien dibujados. Aunque siempre llevaba el pelo, negro y lacio, bien cortado, un mechón rebelde le caía sobre su ancha frente, que a menudo ocultaba bajo su sobrero pelo de guama. Parecía que toda su vida se concentrara en sus ojos oscuros: grandes, poblados de pestañas y cejas abundantes que delineaban el contorno de éstos. Se podría decir que su aspecto le daba un atractivo intimidador. Era un hombre serio, impasible y altamente racional, se diría que tenía un carácter estoico y analítico. Hablaba un castellano puro, aunque matizado con el acento local, con una voz ronca y sonora, tan agradable que muchos querían escuchar siempre.

Javier había llegado a Venezuela junto con sus padres cuando apenas tenía cuatro años de edad. Eso había sido en el año 1872, cuando Antonio Guzmán Blanco, tras la Revolución de Abril, con el apoyo del pueblo, las alianzas con la burguesía comercial y los caudillos, logró estabilizar su régimen con un proyecto de crecimiento económico. Era un momento propicio y con muchas oportunidades para los nuevos inmigrantes recién llegados al país.

Nicanor Arreaza, su padre, había trabajado antes de eso en Soraluze–Placencia de las Armas, en España, en una fábrica de armas. Con el dinero que ganaba apenas podía mantener a su familia. Su madre había muerto al momento de nacer él, y su padre cuando apenas cumplía diez años, dejándole la casa donde vivía como único patrimonio. Su tía, comadrona y curandera del pueblo, se encargó de Nicanor cuando su padre murió. Por lo general estaba ocupada y Nicanor pasaba la mayor parte de su tiempo ayudando al cura del pueblo en su casa y en la huerta, para ganarse algunos reales y poder aportar al hogar.

No le gustaba la escuela y siempre se metía en problemas con sus compañeros de clase. Un buen día su tía le dijo:

—Con que aprendas a leer, escribir y las nociones básicas de aritmética es suficiente.

Ella misma le enseñó lo que necesitaba para vivir, así como a discernir entre setas comestibles y venenosas. De su tía también aprendió a conocer las plantas y raíces que se usaban para calmar dolores, hacer emplastes y curar algunas dolencias, aunque Nicanor no tenía vocación de médico.

Al cumplir 15 años la tía de Nicanor enfermó y murió, dejándolo completamente solo, por lo que tuvo que madurar muy pronto y buscarse el sustento. Supo entonces que en Soraluze había una fábrica de armas muy antigua, establecida en el siglo XII. Durante muchos años solo producía armas blancas, pero desde el siglo XVI la industria armera en Placencia se había desarrollado enormemente. Nicanor, por recomendación de unos vecinos que lo apreciaban a él y habían estado muy agradecidos con su tía en el pasado, consiguió un puesto de aprendiz en esa fábrica. Allí y aprendió el oficio con rapidez, ya que era curioso y dedicado en su labor.

En la fábrica de armas conoció a Juan José Olavide, de quien pronto se hizo amigo. Cuando Juan José invitó a Nicanor a una fiesta por su cumpleaños y vio a su hermana Carmela por primera vez, sintió mariposas revoloteando en su estómago, se le calentaron las orejas y la cara se le puso roja. No supo qué decir al momento de la presentación. Desde ese momento quedó cautivado por su belleza y juventud. Con sus 17 años Carmela tenía un cuerpo atractivo sin por eso ser excesivamente llamativo: alta y morena, sus ojos castaños y profundos herían al mirarle. Tenía los pechos firmes y bien formados. Todo su cuerpo hacía armonía con su madeja de pelo largo y negro, que al recogerlo en un moño dejaba ver su largo y blanco cuello sobre sus hombros altaneros. Se parecía a las bailaoras de flamenco que se veían en carteles publicitarios en la fachada del Teatro Principal de San Sebastián. No pasó mucho tiempo desde entonces hasta que se casaron y tuvieron a su primer hijo, Javier.

Un par de años después, Nicanor llegó una tarde a su casa después de una larga jornada. En su cara se reflejaba el cansancio del día de trabajo y el desasosiego que le producían los pensamientos en su corazón. No dijo nada durante la cena, que Carmela había preparado como siempre; pero al caer la noche, en la cama bajo la penumbra de la habitación, le planteó a su mujer lo que recientemente había pensado: para ellos sería un cambio positivo viajar al nuevo mundo, América. Su esposa no entendía nada, con un hijo de tan solo cuatro años ¿qué iban a hacer en un lugar desconocido? ¿De qué iban a vivir? ¿Dónde vivirían? Estos pensamientos le atormentaron tanto que empezó a sentirse mal.

Para calmarla, Nicanor le dijo que había hablado con su cuñado Juan José, el hermano de ella. Cansado ya del pueblo y del duro trabajo en la fábrica de armas, Juan José se había ido a estudiar medicina a Madrid. No obstante, solo llegó a diplomarse de farmaceuta. Dos meses después de graduarse, su hermano se había ido con unos amigos médicos y otros colegas de profesión a un país al norte de América del Sur, donde ejercía como farmacéutico en un pueblo remoto. Carmela le respondió que ya lo sabía, ella misma se despidió de su hermano antes de salir de viaje para las Américas.

El nuevo mundo y en particular Venezuela, explicó pacientemente Nicanor a su esposa, permitía hacerse de una posición que nunca conseguirían en la España rural. Había guerras civiles por la inestabilidad política, pero en ese país rico había recursos suficientes para hacerse de una sólida posición económica. La tierra era fértil durante todo el año, porque el clima no variaba mucho de enero a diciembre. Algunos meses llovía y otros no. Se decía que había solo dos estaciones: invierno con lluvias y verano con sequía. Al acabar de escuchar a su marido, Carmela se sintió mejor y sus ojos se alegraron con una chispa de buenos augurios. Pensó en el reencuentro con su hermano, y eso le hizo ilusión.

Embarcaron una tarde de primavera cuando aún el aire era fresco. A Carmela le había parecido un siglo la travesía por el

Atlántico. Perdió la noción del tiempo, no estaba acostumbrada a navegar, aunque vivía en la costa norte de España, en San Sebastián. Sintió mareos y malestar de estómago durante casi todo el viaje, que tardó más de seis semanas. A los pocos días sintió cómo su cuerpo se debilitaba cada vez más, la comida no le sentaba bien, aunque los alimentos eran los mismos de su tierra por ser un barco español donde viajaban.

Por fortuna el barco atracó en Puerto Cabello, el más próximo al pueblo donde iban a fijar su residencia, Las Termas. Juan José los recibió con alegría en el puerto. Carmela estaba tan contenta de ver a su hermano, que los ojos se le llenaron de lágrimas de alegría al responder a su abrazo fraternal; no sin antes percibir el calor que hacía en ese momento en el puerto, el cual encontró muy pesado y húmedo, así como también un poco desagradable para ella, en contraste con clima de su tierra.

Por su parte, el pequeño Javier al ver a su tío dio un grito de alegría y saltó hacia él, quien lo recibió en el aire rodeando su pequeño cuerpecito en un muy cariñoso y cálido abrazo. Juan José, después de los saludos y demostraciones de cariño y bien-venida, los acomodó junto con el equipaje que habían traído, en su coche tirado por caballos. Al llegar al pueblo donde vivía, los alojó en su casa, mientras ellos se acomodaban en su nueva vivienda, que él mismo adquirió a buen precio para que se ins-talaran.

A Carmela le encantó la aldea, cerca del mar pero no tanto como para ser un lugar muy caluroso como en el puerto. No estaba acostumbrada al calor. El pueblo estaba en las laderas de las montañas y rodeado de vegetación. Los olores a flores y frutas frescas de la región la conmovieron, sintiendo una bienvenida agradable en el ambiente. La casa que su hermano Juan José compró para ellos era pequeña, con solo dos habitaciones. Tenía una habitación central que hacía de cocina, comedor y sala al mismo tiempo. El jardín del frente no era muy grande, pero a Carmela le alegró la idea de sembrar sus flores favoritas: rosas y lirios, aunque en esa zona crecían otras hermosas de multicolores variedades. En la parte de atrás de la casa había un patio donde se podrían sembrar hortalizas y criar algunas gallinas.

—Entre mis flores y cuidar el patio trasero de la casa, no me aburriré. Javier también tendrá su espacio para jugar —pensó.

Semanas después de su llegada se dio cuenta de que estaba nuevamente embarazada. Aunque el clima era bueno y la comida suculenta, con tantas frutas y verduras tropicales, carne fresca y huevos de la casa, la salud de Carmela seguía deteriorándose. Tuvo un embarazo bastante difícil. Estaba muy débil porque la comida no le sentaba bien. Nicanor tuvo que contratar a una niñera para Javier, que también ayudaba a Carmela con los oficios de la casa. La pobre ni siquiera podía ya deleitarse en el jardín que con tanto cariño cuidaba.

Al llegar a su nueva morada, Nicanor empezó a trabajar en las fincas cercanas haciendo trabajos manuales para ganarse el sustento de la familia. Sin embargo, por su habilidad en el uso de la aritmética, así como también por su capacidad de leer y escribir el castellano correctamente, fue aprendiendo el trabajo de administración en un hato cercano donde criaban ganado vacuno. Mientras sus ingresos se iban incrementando, poco a poco fue ahorrando para comprar animales de trabajo, y otros para consumir en la casa, ya que su familia seguía creciendo. Aída Martínez, la niñera, se fue a vivir con ellos porque la salud de Carmela seguía empeorando al mismo tiempo que avanzaba su estado de gravidez, por lo cual no ya podía hacer casi nada en la casa. Javier era aún muy pequeño y necesitaba atención y cuidados.

En el día del parto se hicieron todos los preparativos concernientes al tan ansiado evento. Nicanor contrató a una comadrona, que a la vez vino con una ayudante. Juan José también estuvo presente durante el alumbramiento, para dar apoyo a su hermana. No obstante y a pesar de todos los preparativos, asistencia y cuidados que se ofrecieron en el momento, madre e hija desafortunadamente dejaron de existir. Carmela tenía un rostro sereno instantes después de su muerte, como si todo su sufrimiento se hubiera ido con ella y su pequeña hija vino al mundo sin vida. Nicanor creyó enloquecer por tan horrible pérdida. No pudo presentarse a trabajar por algunas semanas. Mitigaba su dolor abrazando y hablándole con cariño a su pequeño hijo Javier. Supuso que la muerte de Carmela era un castigo de Dios por haberla arrancado, en contra de su voluntad, de su tierra natal, España.

Aída, la niñera que ya se había amoldado perfectamente a la familia, caritativa y a la vez protectora de las desgracias, comprendió la inmensidad de su dolor. Advirtió que Nicanor necesitaba más que nunca apoyo, ya que la tragedia le causaría consecuentes sufrimientos para él y el pequeño Javier. Se esmeró en el cuidado del niño y en los oficios de la casa, porque Nicanor se rehusaba a comer y tampoco podía descansar bien, se levantaba y acostaba sumido en una tristeza enfermiza. A causa de sus cuidados y abnegación, fue surgiendo entre ellos un cariño verdadero que llevó a Nicanor Arreaza casarse con Aida Martínez meses después, aunado al mismo tiempo al hecho de que, en la aldea, no era visto con buenos ojos que un hombre viudo y una mujer soltera vivieran bajo el mismo techo sin estar casados. El casamiento lo hicieron en privado y solo por civil, ya que él era viudo.

Al pasar de los años, la familia siguió creciendo. Nicanor y Aída tuvieron dos hijos: Edurne y Miguel. Como la comida era abundante y el clima favorable, los jóvenes crecieron robustos y muy saludables. Por esta razón, Nicanor vendió la pequeña casa y compró una más grande en el mismo pueblo, la cual ofrecía más comodidad a toda la familia.

Desde los siete años, Javier iba a la escuela de la señorita Florencia Díaz, quien le enseñó a leer y escribir. Le gustaba mucho la geografía y aritmética, pero lo más aburrido de todo era su adoctrinamiento cristiano. Recordaba que desde muy pequeño su madre le había enseñado a rezar antes de dormir: *"Jesusito de mi vida, eres niño como yo, y por eso te quiero tanto y te doy mi corazón. Tómalo, tuyo es, mío no. Angelito de mi guarda dulce compañía no me desampares ni de noche ni de día".* Con esta oración ya tendría suficiente para estar de buenas con Dios por el resto de su vida, pensaba entonces. No necesitaba nada más.

—Tienes que hacer la primera comunión muy pronto, Javier. —le dijo su maestra desde el primer día que llegó, y así continuó hasta que al año siguiente el párroco organizó las clases de catecismo en la sacristía. El cura del pueblo les hacía leer a los niños un catecismo que habían creado en el país para la instrucción de la juventud venezolana. Este catecismo fue escrito por Juan Antonio Pérez Bonalde en 1844, e impuesto como un adoctrinamiento obligatorio en todo el país. No obstante, para Javier y sus amigos era demasiado aburrido. Lo bueno fue que desde entonces, en el pequeño Javier se encendió la chispa de la lectura como nunca antes había sentido.

Después de la escuela, por las tardes, Javier iba con sus amigos tres veces a la semana a la Sacristía, para estudiar el catecismo que los prepararía para la Primera Comunión. En las tardes libres iban al río a nadar, cuando hacía calor y el sol resecaba la tierra por falta de lluvia. Se divertían matando pajaritos con una china que ellos mismo hacían: para empezar, tenían que encontrar una horqueta de madera de alguna rama de un árbol, a la cual ataban una banda elástica que sostenía a su vez un pequeño pedazo de cuero recortado donde ponían una piedra para disparar. Era un entretenimiento emocionante el solo hecho de fabricar sus chinas, mientras comían mamoncillos a la sombra de estos frondosos árboles enormes, así como las pomarrosas, una fruta rosada con su pulpa blanca y etérea de sabor a rosas.

Entre mayo y septiembre llovía mucho, por lo cual no podían ir al río en las tardes. Era cuando Javier se encontraba con sus amigos en la hacienda de Don Eustaquio para ayudarle a recoger mangos que éste vendía, y comer esta deliciosa fruta hasta que se enfermaban de la tripa. Se decía que tenían "mal de mayo". Don Eladio les daba una propina por la recogida, con lo que tenían para comprar alfeñique, un dulce hecho con el papelón que hacía Doña Martina en su casa para vender.

El día de su Primera Comunión el calor en la iglesia era insoportable: estaba repleta de gente, y con tantas velas encendidas no se sentía la escuálida brisa entrar por las ventanas abiertas. Había dos jarrones inmensos llenos de azucenas blancas y frescas a cada lado del altar. Un hilo amarillo y volátil de polen salía a borbotones desde el centro de los aromáticos conos blancos. El olor penetrante de estas flores se mezclaba con el de las velas, que hacían más denso el aire en el recinto religioso, invadido por personas vestidas de domingo con perfumes de diversos olores: fuertes, suaves o dulces. Lo vistieron con pantalón blanco y chaqueta azul. Tenía la camisa abotonada hasta el cuello que coronaba con una pajarita a juego con la chaqueta. Llevaba un librito blanco en la mano izquierda, para leer las oraciones en la misa, y en la derecha una vela muy larga coronada con un lazo de seda blanco en el centro, encendida.

Ese día fue tormentoso para el pequeño Javier: como la ropa le quedaba muy justa, empezó a sentirse mareado y sudaba. Tampoco era de su agrado eso de "comer el cuerpo de Cristo". Este incómodo episodio de su vida lo recordaría por mucho tiempo en sus años por venir. Su padre, al ver que casi se desmayaba, se acercó, le quitó la pajarita y le abrió el último botón de la camisa para que pudiera respirar mejor. De esta forma ya se sentía un poco más tranquilo cuando recibió la hostia que representaba "el cuerpo de Cristo". Cumplido su cometido, se dio la vuelta rápidamente para volver a su sitio con sus compañeros de comunión y de un fuerte soplo apagó la vela. En seguida un chorro de cera caliente se desprendió de ésta quemándole la mano. Al mismo tiempo que soltaba la vela, Javier dio un grito que retumbó en la iglesia y empezó a llorar. Todas las personas lo miraron al unísono para saber qué pasaba. Su maestra fue en su auxilio y lo llevó al banco que compartía con su familia. Así había transcurrido, muchos años antes, su Primera Comunión.

No pasó mucho tiempo hasta que Nicanor pudo comprar una hacienda de café y ganado a buen precio, en un asentamiento un poco más retirado de Las Termas: Montalbán. Estaba a más de 80 kilómetros del pueblo pero en el mismo estado Carabobo, colindante con Yaracuy. Era un lugar muy privilegiado por la riqueza de su suelo, donde se cultivaban naranjas, café, tabaco, así como también caña de azúcar. Nicanor para entonces había conseguido la realización de sus dos mayores aspiraciones: poseer una casa de campo con terreno suficiente para producir su sustento y el de su familia, así como también no tener que trabajarle más a los explotadores dueños de los hatos vecinos.

Cuando nacieron sus propios hijos, la madrastra dejó de atender a Javier y empezó a tratarlo mal, por lo que Javier se sentía postergado. No soportaba el cinismo de Aída ni su mal carácter cada vez que quería pedirle algo. No obstante, sí quería mucho a sus medio hermanos y trababa en lo posible de no crear problemas. Su padre casi nunca estaba en casa debido a su trabajo, y cuando venía siempre estaba de mal humor. Con el pasar de los años, Nicanor se había vuelto huraño, parecía como si el hecho de ser dueño de una finca le hubiera creado tantas responsabilidades que no le daba tiempo para su propio esparcimiento.

Después de que su madre muriera y su padre se casara con Aída, al pasar mucho tiempo solo Javier tuvo que madurar muy pronto. Al terminar la escuela su padre lo llevó al hato para que aprendiera a trabajar con él en las faenas del campo. No era posible estudiar en la escuela del pueblo después de los diez años de edad, por falta de recursos y personal. Tras esa etapa, los niños se iban a trabajar en el campo o eran enviados a otras localidades donde pudieran seguir sus estudios, o terminar en el Seminario de Valencia para convertirse en sacerdotes, algo que Javier nunca se planteó porque ni siquiera le gustaban las iglesias ni los curas.

En Montalbán había, de todos modos, una escuela donde los jóvenes mayores de diez años iban por la mañana para estudiar nociones de matemáticas, lengua y leer algún libro de cuentos, historia o poemas que tenían en la pequeña biblioteca local.

Por las tardes los jóvenes ayudaban en las plantaciones, aprendían a ordeñar o alimentar a los animales, limpiar los corrales, ensillar caballos, así como otras faenas del campo, que eran muchas. Se trabajaba de sol a sol, todos los días de la semana. Aun así, Nicanor trataba muy bien a sus empleados, tanto que cuando a alguno de ellos le nacía un hijo, él mismo le regalaba una vaca para que nunca les faltara leche en su casa. Tenía la esperanza de que a su hijo Javier algún día le gustara también la vida campestre, tanto como a él mismo y que con el tiempo, cuando ya no pudiera seguir trabajando, su hijo se ocuparía de la finca y de sus negocios.

Cinco años trabajando en el hato de su padre pasaron volando. A los quince años, Javier ya tenía muy claro que no le gustaba trabajar en ese ambiente duro de producción agrícola y pecuaria. Estaba hastiado de ayudar a las vacas a parir, ordeñar, ver como diseccionaban a los becerros que se morían ahorcados por no amarrarlos bien, limpiar corrales y alimentar a todo tipo de animales en el hato de su padre. Por otra parte, lidiar con los trabajadores del cultivo de café era un trabajo agotador. Se necesitaban varios peones, los cuales se encargaban de los diferentes procesos: sembrar, cosechar, trillar, tostar y moler el café, para luego empaquetarlo en sacos listos para la venta. Estos trabajadores siempre tenían problemas, tanto personales como familiares. Javier se sentía exhausto y necesitaba un cambio. Pensaba que como experiencia para aprender el manejo de una finca con la que se podía producir mucho dinero estaba bien, pero no se veía a sí mismo trabajando allí el resto de su vida.

Entonces decidió volver a Las Termas, pero tampoco allí se sentía a gusto. No soportaba la actitud arrogante y despótica de su madrasta, que lo castigaba por cualquier cosa que no hiciera como ella deseaba. Le pedía incluso que hiciera tareas que él mismo no tenía que hacer ya que había servidumbre para eso. Aída, desde que tuvo a sus propios hijos, lo había tratado siempre como si no fuera parte de la familia, por lo que Javier se sentía desplazado y desprotegido. La mayoría del tiempo lo pasaba triste como un pequeño párvulo que hubiera perdido a sus buenos padres, a pesar de que su padre aún vivía.

Aún peor, la personalidad y el carácter de Nicanor habían cambiado radicalmente con el pasar de los años. Se había vuelto un ser irascible, siempre de mal humor. Y poco a poco, la comunicación entre padre e hijo se había ido limitando a lo esencial. Siendo apenas un adolescente, Javier sentía un gran vacío, una falta de camaradería, de empatía o al menos de compasión. Nicanor lo intimidaba con tan solo verlo, le hablaba siempre en un tono fuerte como si fuera un adulto al igual que él y a veces le hacía sentir como si tuviera la culpa de todos sus males.

Entonces fue a ver a su tío Juan José, pensando en que podría ayudarlo en su farmacia y de esa manera liberarse de las ataduras económicas que lo obligaban a someterse a su familia.

—La verdad es que necesito un ayudante —le dijo su tío ante su satisfacción —En estos momentos tengo mucho trabajo y poco tiempo para ocuparme de todo. Al principio irás aprendiendo poco a poco el oficio, por lo que hay mucho que hacer y no solo en lo referente a medicinas. Estoy pensando en despachar los pedidos y tú podrías ayudarme. Para eso es necesario que tengas una bicicleta, pero no te preocupes porque no será difícil conseguir una para ti, ya me encargaré yo de eso.

De inmediato comenzó a trabajar con su tío en la botica del pueblo. Con él aprendió a preparar las fórmulas que le pedían siguiendo sus instrucciones. Además, lo que encontró mejor del trabajo fue que de esa manera tenía la oportunidad de estar alejado de su casa durante casi todo el día. Juan José nunca se casó, era un hombre de carácter flemático, perfeccionista y muy trabajador. Y por ser calculador y analítico, pensaba también en el futuro de su joven sobrino. Le insistió para que estudiara medicina o farmacia en la capital, pero Javier, aunque le gustaba mucho el trabajo en la farmacia, no tenía condiciones para la química ni los análisis. Le encantaba leer libros de historia y geografía en sus ratos libres. Sin embargo, lo que más le satisfacía era pintar. Por las tardes se iba con su caballete, lienzos y pinturas al campo. Pintaba paisajes y atardeceres en los descampados cercanos al río.

El sonido de las piedras arrastradas por la corriente, el constante golpeteo del agua sobre éstas y la vegetación que crecía en sus orillas, el trino de los diferentes pájaros y los mugidos de las vacas a lo lejos lo transportaban a otra dimensión. Se sentía libre e inspirado entre tanta inmensidad. Sus cuadros estaban repletos de colores tan vívidos que invadían los sentidos de aquellos que los contemplaban, provocando una plena y serena alegría. Sentirse solo como testigo observador del campo representaba para Javier el disfrute de una inmensa serenidad, al contemplar la belleza pura de una naturaleza intacta.

En ese mismo año de 1883 cuando Javier se fue a trabajar en la farmacia de su tío, había sido inaugurado el Ferrocarril Inglés que cubría la ruta Valencia - Puerto Cabello. Las Termas, como su nombre lo indica poseía un manantial de aguas termales, y como el ferrocarril había establecido una estación allí, comenzaron a llegar algunos turistas para visitar el lugar, con lo que el pueblo experimentó un auge económico nunca antes visto. Al año siguiente comenzó a funcionar el Gran Ferrocarril, construido con capital alemán, que uniría la ciudad de Valencia, capital de la provincia, con Caracas. Con la llegada de este nuevo transporte, todo el país comenzó a experimentar un rápido progreso ya que los productos, tanto los importados por mar así como los del campo, llegaban frescos a los centros de acopio y mercados centrales para abastecer a la población con mayor rapidez. Aunque viajar en tren no resultaba barato, mucha gente empezó a desplazarse de una ciudad a otra con mayor frecuencia.

Javier soñaba despierto con irse a la capital del país. Había escuchado a los mayores hablar de la vida en "la gran ciudad de los techos rojos": los cocheros llevando a la gente de un lugar a otro, cinematógrafos, grandes plazas animadas con vendedores ambulantes, fiestas con damas y caballeros de la alta sociedad. Deseaba participar en las tertulias donde se hablaba de política y filosofía, de los grandes pensadores y escritores modernos de la época. Quería ver los almacenes que traían la moda de Europa y Estados Unidos, peluqueros especializados que peinaban a las damas a la usanza de París, así como también quería vestirse como esos caballeros con trajes hechos a la medida por sastres italianos.

Tenía presente que en la Capital había farmacias y boticas, aunque los farmaceutas reconocidos por ese entonces eran solo los que habían estudiado y obtenido su titulación en España, como su tío Juan José. Por esta razón, Javier pensaba que no sería difícil conseguir trabajo allí apenas llegando. Había leído lo suficiente como para mantener una comunicación inteligente con personas estudiadas y mayores que él, y al mismo tiempo era capaz de hacer nuevos amigos por sus habilidades sociales.

En realidad, y por su inclinación hacia la pintura, Javier tenía un gran deseo de conocer a los más importantes pintores residentes en la capital, que eran profesores de pintura y escultura en la Academia Nacional de Bellas Artes. En ese tiempo había un gran auge de los estudios artísticos, auspiciados por el gobierno. Se hablaba de Martín Tovar y Tovar, Cristóbal Rojas, Antonio Herrera Toro y Arturo Michelena, autores de las principales obras históricas del país. El pintor favorito de Javier, por su parte, era Cristóbal Rojas.

Por estas y otras razones, Javier soñaba con vivir en la capital, al menos por un tiempo para enterarse de lo que estaba pasando en su país y en el mundo. Más aun, y por encima de todo, sentía una gran curiosidad por saber sobre sus raíces en el viejo mundo. Se había informado que en la capital existía una hermandad de españoles y vascos. Y por añadidura, había leído sobre su tierra natal, en un libro que Arístides Rojas escribió en 1871:

"Hay un pueblo cuya historia se remonta a la noche de los tiempos; cuyos hábitos, tradiciones y lenguaje no se han perdido a través de los cataclismos humanos; cuya nacionalidad, como un fuero de los antiguos privilegios, se ha conservado en el transcurso de los siglos, después de luchas sangrientas y episodios sublimes que registran los anales del mundo, como los puros blasones de la raza primitiva que pobló en remotas épocas el suelo ibero. Ese pueblo es el vasco".

Durante sus lecturas supo además que Simón Bolívar, el Libertador de Venezuela y otras cuatro naciones de América, era de origen vasco. Bolívar era descendiente de aquellos vizcaínos y guipuzcoanos ilustrados que durante tres siglos dieran a Venezuela conquistadores, comerciantes, pacificadores, pobladores y hombres notables, que contribuyeron al desarrollo de las colonias españolas. Javier tenía sed de conocimiento y no veía el día en que pudiera irse a vivir a la capital para saciar ese deseo. No obstante, no tenía ni la edad ni el dinero suficiente para hacer tal viaje y establecerse por cuenta propia en una ciudad tan cosmopolita.

Mientras, en Las Termas poco a poco iban surgiendo nuevos cambios. Se construyeron el Puente del Suspiro y la capilla de Nuestra Señora de Lourdes. Ya no había solo una escuela sino cuatro, por lo que tuvieron que traer nuevos maestros capacitados desde la ciudad de Valencia. La Alcaldía creó una biblioteca y un centro de instrucción de artes y oficios para aquellos que habían terminado sus estudios iniciales. Al pueblo fueron llegando profesores de artes, de música, así como también un grupo de mojas misioneras que enseñaban costura, bordados y otras labores manuales a las jóvenes residentes.

Por fin en 1886, al cumplir su mayoría de edad y después de tres años de haber trabajado con su tío Juan José, Javier por fin cumplió su sueño de irse a la capital con el deseo de aprender más sobre los avances que el país estaba experimentando en esos finales de siglo. Ahorró lo suficiente para poner en marcha su plan inicial y con sus propios recursos, que no eran muchos para entonces, así como también su experiencia farmacéutica, una tarde de verano tomó el tren y se marchó con solo una maleta y mucha ilusión a la gran ciudad de los techos rojos.

El desafío no sería fácil, pero Javier sabía muy bien que algún día heredaría la fortuna de su padre, de modo que no se preocupaba mucho por su futuro. Su tío Juan José tenía buenos contactos en la capital. Le dio los teléfonos y direcciones de las farmacias Coliseo y Solís, así como también los nombres de sus respectivos regentes.

Por recomendación de Juan José, al llegar a Caracas alquiló una habitación en el Hotel Santamán, en la esquina de San Francisco, donde solía alojarse el General Joaquín Crespo antes de ser presidente. Eran hoteles que daban una habitación con tres comidas por dos pesos diarios, los cuales eran administrados por sus propios dueños, hombres conocedores del oficio. Se podía estar allí los días o el tiempo que uno quisiera o el bolsillo dispusiera. Pero como se pagaba por día, para un residente era más económico vivir en una pensión. Las había muy buenas en

Caracas y hasta lujosas y aristocráticas, manejadas muchas veces por damas de la más distinguida sociedad, donde se pagaba por mensualidades.

Apenas llegar, Javier visitó las farmacias llevando las referencias de su tío con la intención de conseguir empleo como ayudante. Fue el señor Chapman, regente titular de la farmacia Solís, quien le dio trabajo en ésta, ubicada en la esquina del mismo nombre.

Al asegurarse un ingreso fijo, después de una semana Javier se mudó a la pensión de la señora Ibarra, ubicada entre las esquinas de Balconcito y Salas. Era una casa grande y cómoda donde diplomáticos y viajeros ilustres vivían como en su propia residencia. Tenía un buen salón de recibo y amplio comedor, el trato era distinguido y se servía buena mesa en un ambiente familiar. Todo por un costo que Javier ya estaba en posición de pagar sin problemas.

No existían muchos restaurantes en la ciudad, pero en los hoteles y pensiones se comía bien y a buenos precios. Cerca de allí estaba la pensión de la señora Domínguez, que tenía un ambiente distinguido y familiar y donde solían dar fiestas para sus hijos. Contaba también con un bar donde se reunían personajes importantes del momento. Además, dos o tres veces por semana tenían lugar las concurridas e interesantes tertulias en un ambiente ameno. Allí ocurría todo lo más importante de Caracas.

Javier había elegido para sus comidas ese ambiente porque sabía que así podría conocer a personas que estaban ligadas al gobierno de una u otra manera, y esto le daría un amplio conocimiento de lo que estaba sucediendo en las altas esferas del país.

Tenía un inmenso anhelo de trabajar y aprender en la gran ciudad. Mientras trabajaba con disciplina y dedicación como ayudante y repartidor en la farmacia Solís, se inscribió en la Academia de Bellas Artes y empezó a tomar clases de pintura con el maestro Antonio Herrera Toro. Con él y también al lado del maestro Emilio Mauri, aprendió a pintar retratos. Hizo algunos, pero tenía claro que para convertirse en un pintor profesional hubiera tenido que dedicarse de lleno a la pintura y viajar a París donde se especializaría, así que después de un año dejó las clases muy a su pesar. Entre el trabajo, las tardes en que participaba en las tertulias, y algunas fiestas a las que era invitado los fines de semana, le tomaban la mayor parte de su tiempo.

Debido a ese permanente contacto con personas destacadas de la sociedad, Javier cada día se enteraba más de lo que estaba sucediendo en las altas esferas de la política del país, en los tiempos difíciles que se vivían. Antonio Guzmán Blanco era un gobernante efectivo que promovió el progreso de Venezuela en aspectos de la economía, educación, artes y política. No obstante, también había sido personalista y despótico en la práctica del poder, había estado al frente del gobierno desde el año 1870 al 1877 y nuevamente desde 1879 hasta 1884. Lo sucedió Joaquín Crespo, quien terminaba su período presidencial entre 1884 y 1886, el mismo año en que Javier llegó a Caracas. Aunque era defensor del Liberalismo Amarillo creado por Guzmán Blanco, Crespo pronto empezó a enfrentarse a éste por sus anhelos de perpetuarse en el poder a través de sus allegados y seguidores extendiendo sus influencias políticas aunque no se encontrara en el país. En poco tiempo, Crespo logró imponer su candidatura y convertirse en Presidente.

Pero al término de su presidencia, Guzmán Blanco fue proclamado presidente de nuevo para los siguientes dos años. Lamentablemente, por razones de salud tuvo que viajar a París dejando en la presidencia a Hermógenes López durante el período de 1887 a 1888. Ese año el Consejo Federal eligió Presidente a Juan Pablo Rojas Paul, con el pleno apoyo de Guzmán Blanco. Fue el segundo presidente civil de Venezuela después de José María Vargas, e intentó conciliar a los seguidores de Guzmán Blanco y de Crespo, los verdaderos representantes del poder en Venezuela en esos momentos.

El país estaba dividido en dos bandos: Guzmán Blanco quería seguir gobernando el país desde París, a través de Rojas Paul como su títere; pero los seguidores de Joaquín Crespo comenzaron a promover graves disturbios antiguzmancistas en Valencia y otros lugares del país. Entre los asistentes a las tertulias donde también se reunía Javier, la mayoría apoyaban a Joaquín Crespo; y más de una vez intentaron convencerlo de participar de los alzamientos. Pero él evitaba esos confrontamientos a toda costa, ya que estaba convencido de que lo mejor era mantenerse al margen de la política, actuando solo como un testigo silencioso de los hechos.

Crespo finalmente tuvo que exiliarse en el extranjero, aunque más tarde regresaría al país con el beneplácito del presidente Rojas Paul. Durante el primer año del gobierno de este último se vivió en la Capital un clima de progreso, así como también una calma que se reflejaba en la actitud de la población. Algunos de los aspectos positivos de ese período fueron la inauguración del Hospital Vargas de Caracas el 16 de agosto de 1888; la creación de la Academia Nacional de Historia; y la edición, poco tiempo después, de la obra: *"Gran recopilación geográfica, estadística e histórica de Venezuela"* del General Manuel Landaeta Rosales. Además, se creó la facultad de Ciencias Eclesiásticas.

A finales de 1889 estalló nuevamente una ola nacional de protesta. En Caracas las masas populares, encabezadas por los estudiantes de la Universidad derribaron las estatuas de Antonio Guzmán Blanco, ubicadas en El Calvario, la Universidad y el Congreso. Lo mismo hicieron con la estatua de su padre Antonio Leocadio Guzmán, que fue derribada también. Fueron saqueadas sus propiedades: las casas y haciendas en Caracas, Macuto, Valencia y otros lugares. Inexplicablemente, la policía no hizo nada por impedir esta ola de furia antiautocrática. Las mismas escenas que se vieron en Caracas se repitieron donde hubiese algún monumento, placa, retrato o busto de Guzmán, todo fue destruido y saqueado. Las avenidas, los teatros, acueductos, escuelas, plazas, estados y todo lo que se llamase antes Leocadio Guzmán o Antonio Guzmán Blanco fueron rebautizados.

Temiendo por su seguridad en medio de estos acontecimientos de inestabilidad política y disturbios en la gran ciudad, un buen día Javier decidió volver a su terruño, decidido a establecerse y vivir en la tranquilidad de su pueblo. Habían pasado tres años desde su partida. Se sentía satisfecho y a la vez agradecido por todo cuanto había aprendido durante ese período de su vida, y había madurado lo suficiente para saborear las oportunidades que la vida citadina le dio. Pero comprendió que en aquellos años tan inestables y peligrosos, la capital no era el sitio más adecuado para salir adelante.

Al llegar a su pueblo, volvió a darle una mano a su tío Juan José con la farmacia, mientras se esforzaba en pensar en algo que le permitiera progresar. Aunque los negocios que programaba no se dieron como esperaba, pudo al menos comprar una casa modesta y a buen precio en la ladera de la colina. Aun cuando estaba orientada hacia el oeste no se podía ver el ocaso, por estar rodeada de espesa vegetación y algunos árboles de caoba que le daban frescura durante el verano.

Por las tardes, Javier recuperó en parte su gusto por la pintura, y cada vez que podía se iba a pintar en el campo, cerca del río y de las aguas termales. De vez en cuando, viajaba también a Puerto Cabello donde un amigo suyo tenía una imprenta.

Dos años después, cuando recién había cumplido 23 años, Javier tuvo un terrible altercado con su padre, del que nunca se supo el motivo. Ese día, un Nicanor Arreaza furibundo e indignado como nunca había levantado la mano a su hijo, pero algo debió ver en la mirada profunda y decidida de aquel joven que le hizo declinar en su intento de golpearle en la cara. Quienes recuerdan la escena, aseguraron que Nicanor salió furioso de la casa de Javier, donde había ido expresamente a buscarlo, anunciándole a gritos que lo desheredaría, y que desde ese momento no se consideraba más su padre.

Nadie entendió las razones por las cuales se habían enojado tan fieramente. Como si hubieran establecido un pacto de silencio, los dos se cuidaron muy bien de no revelárselas a nadie hasta el final de sus días.

Sea cual fuese el motivo, el hecho es que como consecuencia de esa querella Nicanor fue a ver a un abogado que le redactó un documento desheredando legalmente a su hijo mayor de todos los bienes que él había obtenido, con su dedicado trabajo a través de los años, hasta aquel mismo día.

Librado imprevistamente a su suerte, Javier tomó dos decisiones que marcarían su futuro: decidió quitarse el apellido de su padre y adoptar el de su madre, Olavide; y al mismo tiempo tomó la determinación de irse, de nuevo, a vivir a Caracas.

—Y esta vez será para siempre —se dijo con firme convicción.

Capítulo 4

El enfrentamiento entre Javier y Nicanor fue la gota que vino a derramar el vaso de la agria relación entre padre e hijo, lo que no asombró a Javier a fin de cuentas. Con un extraño sentimiento de culpa que le producía un nudo en la garganta, esa misma noche cuando volvió a su casa empacó después de cenar. En la madrugada fresca y húmeda, sintiendo el rocío en su rostro como una caricia, salió de su casa evitando pasar cerca de la casa de su padre o de su tío. Sentía una opresión en el pecho, respiró profundo y cerró los ojos por un instante; al abrirlos, dos lagrimones brotaron de entre sus párpados. Nublándole la vista, mojaron sus mejillas al unísono. Secándoselas con la manga de su camisa blanca, Javier apuró el paso para no perder el primer tren que pasaba muy temprano por el pueblo.

Con la mirada abstraída en los recuerdos del día anterior, recorría los pequeños poblados que iban pasando, uno después de otro. Los labradores y ganaderos que salían de sus casas para trabajar desde muy temprano en las faenas campestres, los rebaños de ganado que sus dueños y ayudantes llevaban a la capital desde el sur del país arreándolos a caballo levantaban una nube de polvo en el camino al pasar. "Ese sí que es un trabajo duro", se dijo.

Sintió nostalgia al ver una pequeña casa oscura y solitaria en el cruce de caminos, a la entrada de un caserío también oscuro y solitario, y recordó la suya, vacía y fría. Más adelante, al pasar otra aldea vio una casa de bahareque grande y blanca, con techo de caña amarga, en medio del campo, con sembradíos de caña de azúcar y maíz a ambos lados. Una carreta y dos caballos se encontraban al frente de ella, parecía una posada con un gran letrero encima de la puerta principal que decía "La Criolla". Los de la posada salieron a mirar al tren que pasaba con su silbato, dejando una estela de oscuro humo en el aire. Javier no pudo fijarse bien para saber si estaban alegres o tristes cuando salían al ver la locomotora.

Sin embargo, le pareció que lo saludaban a él con sus pañuelos de diferentes colores. Entonces le vino a la cabeza la idea de que los más felices eran aquellos que iban en el tren, los que pasan veloces, capaces de visitar diferentes ciudades y poblados lejanos. Quizás los menos dichosos eran los que se quedaban en los pueblos con sus familias, haciendo lo mismo año tras año hasta el fin de sus días. Sintió cierta compasión por la pobre gente que vivía allí, en aquel lugar apartado, esperando a los caminantes y viajeros para darles de comer y beber, así como dando cálido alojamiento a los que lo solicitaban. Por un momento se alegró. Una sonrisa amable se dibujó en los labios antes tensos, sus ojos se iluminaron con una lucecita de esperanza que brilló de pronto en su corazón.

Cuando el tren llegó a Valencia en su primera parada desde la estación de Las Termas, tuvo que bajarse ya que la línea solo llegaba hasta allí. El siguiente tramo que unía esta ciudad con la capital estaba recién en construcción. Por este motivo tuvo que tomar un carruaje tirado por caballos, donde sólo cabían cuatro personas, y que lo llevaría hasta su destino.

Un hombre elegantemente vestido y acompañado por dos damas ataviadas a la moda europea, se acercaron al sitio donde Javier esperaba la salida de su carroza. Después de hablar con el cochero, que no se bajó del pescante, entraron en el coche e hicieron su presentación de rigor:

—Buenas tardes. Soy Elio González Ponce, y ellas son mi esposa Zaida López de González y su hermana Beatriz López.

—Me llamo Javier Olavide, mucho gusto, señor, señora, señorita —correspondió el joven.

Como el viaje desde Valencia hasta Caracas era largo, el señor González sacó sus barajas para jugar "tresillo". Este juego era para tres personas solamente, de modo que le pidieron a Javier que hiciera de "alcalde" o "zángano", el encargado de echar las cartas a los otros tres jugadores. Jugaron por un par de horas y luego descansaron porque el viaje era largo. Conversando con aquel caballero, Javier se enteró de que era un químico y perfumista que había estudiado y especializado en Francia, donde también aprendió sobre la preparación de perfumes y licores. Javier le comentó que él mismo había trabajado como ayudante de farmacia y tenía conocimientos de química y fórmulas, básicamente medicamentos.

Sorprendentemente, al señor González le pareció de buen augurio haber conocido a Javier, principalmente por lo que le había dicho de su experiencia farmacéutica. Le contó que había creado su propia empresa recientemente: la Licorería Central, que estaba en pleno apogeo y necesitaba empleados. Para ese entonces, él estaba probando con diferentes ingredientes para crear un nuevo licor, utilizando algunos productos nacionales, como también coñac francés y whiskey escocés.

Le impresionó ver una aguda inteligencia en la mirada oscura e intensa de Javier, así como también se asombró por sus conocimientos generales en la animada charla, y sobre todo por su carácter respetuoso y amable al dirigirse a ellos. Por esta razón, le pidió que fuera a verlo en cuanto estuviera alojado en su nueva residencia, y dándole su tarjeta de presentación con su número telefónico se despidió de él al llegar a la capital.

Javier se instaló en la pensión de la señora Ibarra, donde había vivido años antes durante su primera experiencia en Caracas. A pesar de que el viaje había sido largo, después de refrescarse y cenar fue a dar una vuelta. Encontró muchos cambios: había mucha más gente en las calles y las plazas, se respiraba un clima de calma con un aire intelectual en la ciudad. Buscó a los amigos que no veía desde su última estadía, y empezó por el hotel Pensilvania, que estaba en la esquina de Pajaritos. Este hotel era muy frecuentado por poetas, escritores, artistas, políticos y militares, así como también por miembros de la sociedad capitalina. Por esta razón se decía que "estaba a tono". Tenía diferentes salones, los cuales eran utilizados para tertulias, organización de fiestas, así como también para redactar contratos, hacer negocios, dar autorizaciones, y hasta fraguar conspiraciones políticas.

Javier leía los periódicos que llegaban a su pueblo desde Valencia dos veces por semana, así que ya estaba enterado de que el Dr. Raimundo Andueza Palacio había sido electo presidente el año anterior. Decían que su gobierno se había iniciado bajo los mejores auspicios, en medio de un clima de paz y bonanza económica que venía de los años de Guzmán Blanco. Era un intelectual de brillante inteligencia y muy vasta ilustración. Pero lo que también supo Javier esa primera noche del reencuentro con sus antiguos amigos, fue que el Presidente, a pesar de tener todas estas condiciones favorables, era un hombre de carácter débil, más dado a aprovechar las oportunidades y el placer que le brindaba su posición que a asumir las grandes responsabilidades de la misma. En esto, todos estaban de acuerdo y predecían que no iba a gobernar por mucho tiempo.

Al día siguiente, Javier fue a ver González Ponce, el hombre que había conocido durante el viaje. Éste, como le había prometido antes, le dio empleo en la Licorería Central con un sueldo que le reportaba lo suficiente para vivir sin preocupaciones económicas por algún tiempo. Encontró interesante el trabajo en la licorería. Debido a su dedicación y sus conocimientos previos sobre la preparación de sustancias químicas, pronto aprendió el trabajo.

Siguió asistiendo a las tertulias en el hotel Pensilvania, así como también en el célebre hotel León de Oro, en la esquina de Traposos. La primera vez que había a este hotel, fue cuando el señor González Ponce lo invitó a la fiesta de Nochebuena de

Año Nuevo de 1891. El señor González acudió con su esposa y su cuñada Beatriz López, que iba acompañada con su marido el presidente del Congreso. Él la había visto una sola vez, durante el viaje a la capital, y recordaba muy bien su voz cantarina y su risa argentina. Y ese día él la encontró más hermosa que nunca. Lo que no podía entender, es cómo aún después de desposarse sus labios mostraban un claro rictus de tristeza. Salió a su encuentro para saludarla, pero ella esquivando su mirada solo le respondió que estaba bien.

En ese momento, Javier oyó a sus espaldas una voz conocida. En lo que volteó vio a su antiguo profesor de pintura y famoso retratista, Antonio Herrera Toro, que le decía con una sonrisa en los labios:

—Dichosos los ojos que te ven, Javier. ¡Cuánto has cambiado, hombre!

—Hola Antonio. ¡Cuánto tiempo! Bueno, en realidad seis años no es mucho, creo. Tú también has cambiado un poco.

Así, hablando de lo que habían vivido en los últimos años, fueron a tomar algo y ver a las parejas bailar. La sala de fiestas del hotel León de Oro estaba bien iluminada con un inmenso candelabro en el centro. Resaltaban los colores verde, rojo y dorado en la decoración. Había comida y bebidas para los invitados. En el centro, al frente de la pista de baile se encontraba una tarima donde una orquesta tocaba música bailable y en la pista algunas parejas ya estaban bailando foxtrot al compás de la música.

Numerosas personas ligadas a la política nacional disfrutaban de la celebración decembrina en el hotel. Uno de ellos, advirtió aquella noche Javier, era el Senador Joaquín Crespo. Crespo era un acérrimo adversario del presidente Andueza Palacio, de quien afirmaba que su intención de reformar la Constitución Nacional no era más que un intento de perpetuarse en el poder. Pero mayor fue su sorpresa cuando vio aparecer por la puerta del salón del hotel donde se celebraba la Nochebuena de Año Nuevo, al mismísimo Presidente acompañado de su esposa, Isabel González Esteves.

Al verlo, Crespo fue a su encuentro apurando el paso. En ese momento se hizo un silencio sepulcral, la orquesta dejó de tocar y las parejas de bailar. Mirándolo de cerca a los ojos, apuntándolo con el dedo índice derecho en el corazón y con voz que retumbó en el ambiente, Crespo le soltó amenazante:

—Si usted no entrega el gobierno para el próximo 20 de febrero como ya está estipulado en la constitución, le juro que me alzaré en armas para destituirlo, y no descansaré hasta conseguirlo. Y sépalo bien: el país entero me apoyará, sin importar las consecuencias.

Andueza Palacio hizo como si no lo escuchara, aunque las palabras y actitud de Crespo lo intimidaron. Casi temblando se dio la vuelta para dar órdenes a su escolta de que lo sacaran del recinto. Al intentar retirarse, Crespo sintió que dos manos lo asían por los hombros. Sin decir una palabra, levantando las suyas con fuerza, se quitó las manos del soldado de encima y salió del hotel rumbo a su hato "El Totumo" en Guárico. Lo que Javier no imaginaba entonces era que el 11 marzo del siguiente año Crespo, cumpliendo su advertencia, se alzaría contra el gobierno de Andueza Palacio empezando una nueva guerra civil que sería llamada Revolución Legalista. La guerra comenzó en su hato de Guárico y se extendió pronto al resto del país. Unos días después, el 14 de marzo, Andueza Palacio lanzó un Manifiesto a la Nación, esperando que cada una de las asambleas estadales aprobaran su reforma constitucional para declararla vigente desde ese mismo momento, sin cumplir el trámite ante el Congreso como correspondía. Sin embargo no consiguió su propósito, y por el contrario se suspendieron todos los trabajos hasta que se restableciera el hilo constitucional.

Eran tiempos convulsos, y la situación comenzó a preocupar sobremanera a Javier. Aunque él prefería mantenerse al margen para no verse involucrado en los avatares políticos, sus amigos y sobre todo el señor González le aconsejaban que se enlistara en el partido político de Crespo. Se sucedían constantes escaramuzas entre ambas fuerzas: los legalistas y los continuistas, que contaban con el respaldo de las tropas del gobierno. Finalmente, debido a la situación adversa y a las presiones, Andueza Palacio renunció a la presidencia y salió del país, quedando Guillermo Tell Villegas encargado del Ejecutivo. El Gobierno intentó reiteradamente negociar con Crespo, pero éste rechazó los ofrecimientos de paz y reanudó la campaña militar.

Villegas, Presidente Encargado, al verse incompetente ante las batallas que Crespo iba ganando a su paso contra los continuistas, se vio forzado a renunciar al cargo ejecutivo, sucediéndole su sobrino Guillermo Tell Villegas Pulido. En la noche del 6 de octubre de 1892, Crespo entró finalmente en Caracas a la cabeza de un ejército de 10.000 hombres, haciéndose del Poder Ejecutivo Nacional. No tardó mucho en crear una nueva Constitución, que establecía en su artículo 63 la votación directa y secreta, además de períodos presidenciales de cuatro años. De esta forma, pretendió instaurar en el país una democracia al estilo de los Estados Unidos.

A pesar de todos estos conflictos que no sólo se reflejaban en la capital sino en el resto del país, Javier había empezado a codearse también con personas que le informaban sobre los avances industriales que se producían en el país. Y sobre todo, de la llegada del teléfono. El nuevo avance llenó de entusiasmo a Javier, quien vislumbró inteligentemente las perspectivas de un mundo comunicado como nunca antes se había visto.

Había leído que Alexander Graham Bell patentó el teléfono en 1876, y que apenas cuatro años después el prodigioso invento fue llevado a Venezuela por Gerardo Borges, un telegrafista venezolano que había participado en el Primer Congreso Mundial de Electricidad y Telegrafía realizado en Francia en 1881. En 1882 se hicieron las primeras pruebas conectando a Caracas y La Guaira mediante líneas telegráficas.

A Javier le fascinaba la idea de que la gente pudiera comunicarse más rápidamente sin depender exclusivamente de los servicios de correo, que no funcionaban a un nivel tan alto como en los países de Europa y en los Estados Unidos. Tenía sed de información práctica, no la que dictan en las universidades. La electricidad también hacía posible la transmisión de voz sobre largas distancias. Y este novedoso invento permitía la comunicación de dos personas "en tiempo real" sin que las mismas tuvieran que estar frente a frente.

En las tertulias a las cuales continuaba asistiendo, aprendió mucho más sobre el uso del telégrafo, el cual había llegado a Venezuela hacía algunas décadas atrás, precisamente en el año 1856 cuando el ingeniero español Manuel de Montúfar estableció la primera línea que comunicaba a Caracas con La Guaira. Dos años después, en 1858 ya se contaba con líneas entre Caracas y Valencia, así como entre ésta y Puerto Cabello. Aunque más tarde, durante la Guerra Federal (1859-1863), el servicio de correo, al igual que el telégrafo prácticamente desaparecieron como resultado de la violencia y la anarquía.

Tras aquel conflicto, el presidente Guzmán Blanco, había impulsado el servicio telegráfico en el marco de la acción modernizadora de sus gobiernos, nombrando a nuevos administradores. En febrero de 1888, el presidente Juan José Rojas Paul inauguró en Venezuela el cable submarino que se conectaba con el mundo. El puerto de La Guaira había sido enlazado con los Estados Unidos y Europa a través de un cable que pasaba por las Antillas hasta Nueva York. Se trataba del primer cable submarino que unía América del sur con el resto del mundo occidental.

En esa época se vivía en Europa el apogeo de la era industrial, y con ello un casi ilimitado sentimiento de que el progreso estaba al alcance de la mano. Asimismo todas las personas ilustradas que rodeaban a Javier comprendían que era necesario desarrollar a un país recién salido de su yugo con la madre patria España en la primera mitad del siglo. Sin embargo, Venezuela vivía momentos difíciles debido a las constantes y sangrientas guerras civiles, las cuales eran auspiciadas por los diferentes caudillos y aquellos que los apoyaban o los que estaban en contra de su control. El problema es que todos ellos, en lugar de crear la unidad para incentivar el incremento económico, hacían que un país tan rico en recursos tuviera a la mayoría de sus pobladores cada vez más hundidos en la pobreza.

Muchos sostenían que la falta de información y comunicación hacía que el pueblo en general fuera sumiso, y de esta forma era más fácil dominar a las masas. Mientras los ricos se hacían cada vez más ricos a costa de los más pobres, los trabajadores eran al final los que eran carne de cañón de las revoluciones caudillistas. Todo eso lo leía Javier en algunos textos de los grandes pensadores europeos, que llegaban al país de contrabando. Era evidente que esta realidad tenía su correlato en la situación del país. Venezuela tenía que salir de la mentalidad rural y campestre en la que se había sumido hasta el presente. Aunque el problema -consideraban algunos- eran los oligarcas, quienes no querían abandonar su estatus ni mucho menos su patrimonio.

Con el impulso que le daban todos esos nuevos conocimientos y su visión emprendedora, Javier se puso a estudiar en los cursos que se ofrecían en la estación Telegráfica de Caracas. Estudiaba por las tardes después de terminar su trabajo, con la idea de volverse a su pueblo e implementar allí una central telefónica y telegráfica, contando con que en Las Termas no encontraría competencia.

Al poco tiempo, en cambio, le ofrecieron una plaza vacante para trabajar en la Estación Telegráfica en el puerto de La Guaira. El viaje en tren tardaba cerca de una hora, lo cual era extenuante hacer todos los días, y entonces optó por mudarse definitivamente allí. De esta forma pronto adquirió gran experiencia en el uso del telégrafo y el teléfono, pero siempre con la mente puesta en explotar económicamente sus conocimientos algún día en su pueblo de origen.

Los fines de semana iba con sus compañeros de trabajo al balneario de Macuto. Cuál no sería su sorpresa cuando un sábado a mediodía vio allí a Beatriz López, la cuñada del señor González, a quien había conocido durante el viaje en carruaje que lo trasladó a Caracas años antes y había vuelto a ver en aquella fiesta navideña. En esta ocasión ella estuvo más atenta con él, y le comentó que había estado enferma últimamente y que su marido, el congresista, le había recomendado ir a la playa para que se recuperara. Viajaba desde la capital para quedarse los fines de semana, aunque luego empezó a extender su estadía. Casi desde el primer momento de ese reencuentro, Javier y Beatriz comenzaron a sostener una ardiente relación clandestina. Como consecuencia al cabo de un poco más de un año Beatriz quedó embarazada, pero su hijo nació muerto. El congresista nunca supo quién había sido el verdadero padre del hijo de su mujer. La joven, después de aquello dejó de viajar al balneario. Por lo que Javier, muy a su pesar, nunca más la vio.

Entretanto, durante su período de poco más de cinco años, el gobierno de Joaquín Crespo defendía el respeto por las libertades ciudadanas, en especial la libertad de prensa y de asociación política. En 1897, autorizó la creación de un nuevo grupo político dirigido por el General José Manuel Hernández: el Partido Liberal Nacionalista. Este reunió a un numeroso electorado utilizando en su campaña las técnicas utilizadas en los Estados Unidos. Esto hizo que el partido liderado por Joaquín Crespo perdiera votos y con éstos la esperanza de continuar en el gobierno.

No obstante, en 1898 Crespo consiguió imponer la Presidencia del que sería su sucesor, el General Ignacio Andrade, pero mediante un fraude electoral. La reacción no se hizo esperar, y en marzo el General José Manuel Hernández, apodado El Mocho, tomó las armas en los Llanos de Cojedes, junto a Luis Loreto Lima al mando de sus lanceros a caballo. El expresidente Crespo, en su carácter de Jefe Militar, asumió la responsabilidad de enfrentarlos y acabó muerto en combate en la Mata Carmelera el 16 de abril; aunque Hernández fue finalmente derrotado, capturado y llevado a prisión. La muerte de Joaquín Crespo dejó un terrible vacío de poder en el campo gubernamental, y a su vez privó al presidente Andrade del único soporte político y militar sólido que lo podía mantener estable en su presidencia.

El país entero parecía un hormiguero, con gente moviéndose de un lado a otro debido a que se estaban formando "montoneras" en todo el país. Se trataba de un sistema de reclutamiento forzado que utilizaban los caudillos, enlistando contra su voluntad a campesinos para que los apoyaran en sus alzamientos contra el presidente de turno. Por todas partes se veían soldados recorriendo las veredas, caminos y atajos que conducían a las casitas, chozas, conucos y haciendas para ver donde se escondían los hombres. A veces los soldados se emboscaban, y escondidos entre los cercados observaban la ruta que tomaban las mujeres, e iban tras ellas sin hacer ruido hasta descubrir los escondites donde se ocultaban los pobres campesinos.

Dondequiera que pasaban las huestes de los caudillos, se llevaban los animales de servicios: caballos, mulas, burros, vacas, y arrasaban con los cultivos y criaderos de animales comestibles. No dejaban nada a su paso, todo "por el bien de la patria", que al final era el bien de los caudillos y sus escoltas, porque los campesinos eran solo carne de cañón. El país se había convertido en un centro de reclutamiento.

Los caminos públicos comenzaron a verse llenos de mujeres campesinas que subían hasta las frías cumbres y bajaban a las empedradas hondonadas, llegaban a los verdes valles, cruzando ríos y sabanas solitarias, cada una con un hatillo o talega llena de ropa, alpargatas, una cobija y viandas en cestas. Eran madres, esposas, hijas o hermanas de los reclutas que se iban a luchar en una guerra incierta, y venían a despedirse de sus seres queridos. Muchas de ellas llorando con el corazón encogido porque no sabían si los volverían a ver.

La desestabilización del gobierno de Ignacio Andrade iba en aumento, y aparecían en el escenario nuevas figuras. Una de ellas era un militar y político oriundo del estado de Táchira, Cipriano Castro. Al año siguiente, Castro se sumó a otro poderoso terrateniente y militar de Táchira, Juan Vicente Gómez, así como también a otros simpatizantes de su partido, poniendo en marcha la llamada Revolución Liberal Restauradora, que comenzó en Cúcuta, Colombia, en mayo de 1899. Cada vez más desfavorecidas las tropas gubernamentales ante el avance las huestes andinas de Castro, el presidente Andrade decidió abandonar el país, tras lo cual el nuevo militar victorioso entró en Caracas en octubre y se proclamó Presidente de facto.

La vida y los planes de Javier se encontraban afectados, como los de la mayoría de los venezolanos, por todos esos acontecimientos que desestabilizaban un país donde reinaba la anarquía y la desorganización. En medio de todo esto, a mediados de ese año crucial de 1899 su hermano Miguel viajó a La Guaira para verlo, y le pidió con vehemencia que regresara a Las Termas. Miguel le recordó que su padre Nicanor estaba recluido en el hato de Montalbán, y como él mismo se vería obligado a trasladarse allí para prestarle apoyo, Edurne y su pequeño hijo Ignacio quedarían solos en el pueblo.

—Tienes que tener en cuenta que esto es solo el principio —le dijo a Javier —Quisiera que regresaras a Las Termas hoy mismo si es posible.

—Tengo que notificar a mis superiores y necesito una autorización —replicó Javier —Hace ya un tiempo que he estado pensando en abrir una oficina de correos allí, donde también funcionen el telégrafo y el teléfono. No habrá competencia, porque estamos un poco aislados, aunque cerca de las grandes ciudades y Puerto Cabello. Pero para eso tengo que presentar una solicitud formal. Como sabes, no hace mucho que he empezado a trabajar aquí.

—No se te olvide que estamos ante una guerra inminente. No hay tiempo que perder. Recuerda que tenemos que proteger a nuestra hermana, y sobre todo a nuestro pequeño sobrino Ignacio.

—No te preocupes, que eso lo tengo muy presente. Por favor, no comentes que voy a Las Termas. Será una sorpresa y no sé cómo lo van a tomar.

Sin hablar más del asunto se despidieron. En menos de una semana, Javier logró organizar su viaje y traslado. Apelando a sus numerosos contactos cercanos a las esferas de poder y a su propio espíritu emprendedor, consiguió una licitación provisional para abrir en el pueblo, como lo había planeado tantas veces, una oficina de correos donde también funcionarían el teléfono y telégrafo. Tenía la esperanza de que, cuando se normalizara la situación política del país, podría llegar a tener la completa dirección de las comunicaciones en el área.

Entonces fue que, con sus ahorros y experiencia en el campo de las comunicaciones durante todos esos años, volvió a Las Termas para abrir su propia oficina. El país pasaba por momentos difíciles, y el futuro era -como casi siempre- imprevisible, pero Javier sintió que una parte de sus aspiraciones empezaba a hacerse realidad.

Capítulo 5

Apenas llegado a Las Termas a finales de 1899, lo primero que hizo Javier fue visitar a su tío Juan José. El hombre seguía trabajando en su farmacia, pero ahora con menos afán ya que muchos medicamentos venían elaborados del exterior. Estaba bastante mayor y se quejaba de dolencias reumáticas. Tenía el rostro macilento, los ojos hundidos y los pómulos salientes. Había adelgazado mucho durante los años que Javier no lo había visto.

Para él, Juan José era como un padre. Le tenía un inmenso cariño y gratitud por haber estado allí cuando más lo había necesitado. Ahora le daba pena verlo en ese estado y sentía dolor no poder hacer mucho por él. Maruja, la señora que lo cuidaba desde hacía mucho tiempo, ya estaba anciana. Era como si toda la casa hubiera envejecido al mismo tiempo que ellos.

El hijo de Maruja, que en el pasado cuidaba de la huerta, se había ido a la capital y nunca más regresó. Creían que se había ido tras una mujer, o tal vez se había enlistado en una de las revoluciones de caudillos. Lo cierto era que no habían tenido noticias de él, y tal vez era esto lo que los mantenía acongojados. El jardín estaba descuidado y la huerta, junto con los limoneros, árboles de naranjas y otros frutales, estaban cubiertos de maleza y bejucos, que crecían hasta la altura de la cerca.

La farmacia estaba desorganizada. Los botes de medicinas, pócimas y otros medicamentos no se encontraban cuidadosamente acomodados en sus estantes como en el pasado cuando Javier trabajaba con su tío. Se respiraba un aire pesado con olor a moho y hospital de guerra por los aromas mezclados de los medicamentos, algunos ya rancios.

Tomaron un café caliente y aromático que Maruja les trajo junto con un bizcocho hecho por ella misma. Entonces Javier se ofreció para ayudar a su tío a arreglar la farmacia, como también a organizar sus facturas y cuentas. Juan José le contó que Nicanor Arreaza, su padre, ya desde hacía bastante tiempo se había mudado definitivamente al hato de Montalbán junto con Aída su mujer, quien últimamente no gozaba de buena salud. Miguel estaba casi siempre en la capital y él era el único que, últimamente, podía echarle una mano a Edurne y a su pequeño hijo Ignacio.

Lo que se iba a agravar más aún, le confirmó su tío, porque Nicanor había pedido a su hijo Miguel para que se trasladara al hato para protegerlos ante la situación inestable del país, donde era la gente que vivía en el campo la que resultaba más vulnerable. Al escuchar estas palabras de boca de su tío, a Javier se le hizo un nudo en la garganta y se le nublaron los ojos de lágrimas. Se despidió de él, renovando la promesa de volver para ayudarlo en la reorganización y limpieza de la farmacia.

De allí fue directamente a la casa que tenía desde su anterior época en el pueblo, y que nunca había decidido poner en venta. No quería que lo vieran llegar cansado a la casa de su hermana después de un día tan largo de viaje. Les había traído, a ella y al pequeño Ignacio, regalos de la capital. Al día siguiente, que era sábado, pensaba pasar el día con ellos. Tenían muchas cosas de que hablar después de tanto tiempo sin verse.

A la mañana siguiente muy temprano, Javier fue a la casa en donde había vivido de niño. La sorpresa de Edurne al verlo en el umbral de la puerta fue tal que se puso pálida, sin poder pronunciar palabra.

—¿Es que no me vas a invitar a pasar a la casa que también fue mía? —bromeó Javier.

Poniéndose de espaldas a la puerta abierta para darle paso ella dijo:

—Sí, sí, pasa, pasa. ¡Es que me ha sorprendido verte! No te esperaba.

Se abrazaron por algunos minutos sin decir palabra. En ese momento, al escuchar a su madre hablando con un desconocido, el pequeño vino corriendo y rodeándole las piernas en un abrazo hizo que se separaran, atrayéndola hacia él con la fuerza de un niño de ocho años.

—Mira Ignacio, este es tu tío Javier. ¿No lo vas a saludar?

El niño, con una mueca de disgusto en la cara y sin mirarlo, solamente dijo:

—Hola.

Entraron y se sentaron en la sala. Javier entonces extrajo de su bolsa un tren rojo y negro de hojalata, diciéndole al mismo tiempo:

—¿Sabes para quién es esto?

Ignacio solo movió la cabeza en señal de negación.

—Para ti —dijo Javier, extendiendo el brazo para entregárselo.

El chico cogió el juguete y salió corriendo de la sala.

Edurne se levantó para reprimirlo, pero Javier con una seña le pidió que lo dejara. Fueron al jardín interno de la casa, mientras Ignacio jugaba con su tren en la cocina en compañía de Hortensia, la hija de Indalecia, quien a su vez había cuidado a los hijos de don Nicanor cuando eran pequeños. Javier recordó a la Indalecia de su infancia: tenía el olor característico de la resina de la madera de cují cuando la están cortando, que hace avivar el fuego sin producir humo y es la más adecuada para cocinar. Sus recuerdos lo llevaron al calor del hogar de su infancia.

Hortensia vino entonces trayendo unas limonadas endulzadas con papelón, y Javier la saludó con cariño. En el jardín reconoció las matas de dama de noche que su madre había sembrado hacía muchísimo tiempo atrás, meses después de haberse instalado en esa casa. Parecía que el tiempo no les había hecho mella. Aunque las recordaba más pequeñas, era como si las flores con su intenso olor a vainilla mantuvieran el espíritu de su madre en el hogar. Javier se estremeció de una manera imperceptible. Edurne le mostró otras plantas de flores que ella misma había sembrado. Ocho años habían pasado, y parecía que no había sido tanto tiempo, ahora que se reencontraban.

Con tantas cosas, aprendizajes y experiencias de qué hablar y algún pacto que sellar, se pasaron las horas.

Al cabo de un buen rato, apareció Hortensia con el pequeño Ignacio. El niño ya estaba bañado y comido, pero aun con su trencito en la mano y carita risueña. Javier los invitó a pasear. Comieron en un mesón y fueron a caminar por el bosque cercano donde se encontraban las aguas termales.

—Sabes, Ignacio. Yo sé jugar un juego que te va a encantar —le dijo Javier al niño.

—¿Ah sí? ¿Y cómo es? —respondió éste.

—Se llama "los encantados". El que te toca, te encanta. Te quedas quieto hasta que otra persona viene a tocarte, entonces puedes moverte otra vez. ¿Quién sabe cuándo vendrá otra persona a encantarte otra vez? "Encantar". Es una palabra muy bonita. ¿Verdad?

—Es muy divertido —dijo Edurne —¿Jugamos?

Al término del día, Ignacio y Javier habían terminado por hacerse amigos. El pequeño estaba tan cansado que se durmió en los brazos de Javier, quien luego lo llevó cargado hasta la casa.

Al día siguiente, Javier fue a ver a su tío otra vez. Organizó la farmacia: pintó las paredes, puso algunos tornillos que faltaban en las clavijas de las puertas de alguno que otro armario, limpió y organizó los frascos de medicina y tiró a la basura lo que no servía. Echó un vistazo a las cuentas y quedó en regresar en cuanto tuviera tiempo para ayudarlo con la administración. Por la tarde, pasó a ver de nuevo a Ignacio y Edurne, antes de irse a su casa para organizar sus cosas y el trabajo de la semana.

El lunes fue a ver un pequeño local que estaba frente a la plaza. El alquiler no era caro y tenía las dimensiones suficientes para instalar la oficina de correos, donde funcionarían también el teléfono y telégrafo. Al ser funcionario del gobierno, Javier contaba con apoyo para la inversión que tenía que hacer en ese momento. En una semana la oficina estaría lista para empezar a trabajar.

Poco después, una noche de invierno de lluvias torrenciales, Juan José Olavide murió mientras dormía. Después del entierro y el posterior duelo, Javier fue a ver al notario para saber si su tío había dejado algún testamento escrito y descubrió, no con demasiada sorpresa, que le dejaba todas sus pertenencias a él, a excepción de un apartado para indemnizar a Maruja, su asistente y compañera durante muchos años. Nunca nadie supo si él y ella habían tenido una relación a "puertas cerradas". De lo que sí estaba seguro Javier es que ella había sido una mujer honesta y fiel hasta los últimos días de su tío. Al entregarle lo que le correspondía de la herencia, le agradeció por todo el tiempo en que estuvo cuidándole y sirviendo en la casa.

Con la herencia recibida Javier restauró la casa que su tío le dejaba, y con el dinero restante abrió un comercio de ultramarinos. Aprovechando la cercanía del puerto, en poco tiempo la pulpería -como así se llamaba a esos establecimientos en el país - surtía a todo el pueblo de mercancías y géneros producidos en la nación así como también de otros importados. La novedad produjo un gran impacto en Las Termas. En cuanto a Javier, en poco tiempo se convirtió en el comerciante más acaudalado del pueblo al unir el centro de comunicaciones con su nuevo negocio. Meses después, en la misma pulpería abrió un detal de licores, poniendo a cargo a Joaquín, un amigo de la infancia.

La vida en el pueblo era próspera y muchas personas venían desde los alrededores para comprar en la tienda de ultramarinos de Javier Olavide, pero la inquietud era manifiesta ya que la situación del país seguía cada vez más convulsa. Tal como se lo había advertido su hermano Miguel cuando lo fue a visitar en La Guaira, las cosas iban de mal en peor. Con el ascenso de los andinos al poder, con Cipriano Castro como Presidente y los rescoldos de las montoneras ardiendo en todo el territorio, Venezuela había entrado en una etapa de notable inestabilidad.

Al convertirse en el primer presidente de facto tras el triunfo de su Revolución Liberal Restauradora en 1899, Castro se dedicó a crear un proyecto centralista poniendo a funcionarios del gobierno al frente de cada una de las regiones del país. Para conseguir esto se alió con los caudillos más influyentes, pero debilitando con ello a muchos otros quienes se vieron en la disyuntiva de apoyar al gobierno central o arriesgarse a quedarse aislados y sin poder debido a las reformas. Encima, se encontró en pugna con los viejos caudillos que habían aspirado a derrocar a Andrade en el pasado, y que ahora trataban de destituirlo a él. Para colmo, se enemistó con las grandes compañías transnacionales a causa de algunas drásticas medidas económicas, establecidas por el gobierno, ante las que dichas empresas se sentían perjudicadas.

Desde su llegada a la Presidencia en 1899 hasta mediados de 1902, Castro se vio enfrentado por numerosas insurrecciones producidas en varios estados. Una de ellas fue la llamada Revolución Libertadora, organizada por el banquero Manuel Antonio Matos. Éste planeó y dirigió las operaciones iniciales desde la Isla de Trinidad, logando convencer a varios caudillos locales, descontentos con el gobierno, los que luego se sumaron a la lucha. Cada uno de estos caudillos regionales tenía la capacidad de movilizar y armar masas de campesinos en montoneras.

Esta revolución duró un año y se convirtió en la guerra civil más sangrienta ocurrida en el país desde la Guerra Federal. Matos, quien recibió fondos para su conspiración por parte de la compañía New York & Bermúdez Company que le permitieron comprar en Europa el más novedoso armamento de la época, tenía la intención de derrocar al Presidente. Castro reaccionó de inmediato, elevó el número de efectivos del llamado Ejército Activo y compró también a su vez armamento moderno. Reorganizando el Ejército, pudo al fin sofocar esos levantamientos junto a su aliado Juan Vicente Gómez, al cual nombró Vicepresidente y Jefe del Ejército Restaurador.

La obtención de armas, tanto para la defensa del gobierno como para las conspiraciones que florecían por doquier, se hizo un asunto perentorio, como nunca antes había ocurrido en la historia del país. Si el Ejército gubernamental podía acudir a tratos legales con los fabricantes de armas, casi todos ellos de naciones europeas, no ocurría lo mismo con los revolucionarios. Alguno de ellos, que figuraban entre los muchos hombres vinculados a la política, y que Javier había conocido en su más reciente paso por las tertulias caraqueñas, pensaron que la importación de ultramarinos por parte de Olavide podía ser un buen camino para negociar y trasladar ocultas las armas que necesitaban.

Sin pérdida de tiempo, uno de ellos visitó secretamente a Javier en su casa de Las Termas. El hombre en cuestión le explicó que conseguir y trasladar armas clandestinas desde Europa podía resultar sin duda un negocio muy lucrativo para él, insistió. Así como también, y por añadidura, contribuiría a "la causa de la nación". El secreto estaba garantizado, agregó el político con total seguridad. Pero a esas alturas, la balanza militar parecía estar decididamente inclinada a favor del gobierno de Cipriano Castro, por lo cual Javier tuvo la prudencia de rechazar el negocio. Aunque la inmensa suma que podría reportarle el tráfico clandestino de las armas lo hizo pensar mucho. Resultando en que esos pensamientos permanecieron anclados en su mente de allí en adelante.

Castro, efectivamente, parecía tener el éxito de su lado. Sin embargo los problemas del Presidente no acabarían allí. En noviembre de ese mismo año, cuando aún seguía persiguiendo a los rebeldes derrotados en la batalla de La Victoria, tuvo que enfrentar un bloqueo a las costas venezolanas organizado por el Reino Unido, Alemania, Italia y otras potencias extranjeras, que reclamaban la inmediata cancelación de los daños sufridos a sus súbditos en Venezuela durante los años de guerra civil. Así mismo, reclamaban el cumplimiento por parte del gobierno del pago de deudas de gobiernos anteriores al de Castro, una deuda que se había contraído básicamente para la construcción de la red ferroviaria del Gran Ferrocarril de Venezuela y para otras inversiones como la llegada del telégrafo y el teléfono al país, uno de los avances que había permitido a Javier cimentar su rápida prosperidad.

El 2 de diciembre de 1902, quince barcos de las armadas británica y alemana, actuando en operación conjunta, atacaron el puerto de La Guaira. Desembarcaron tropas en los muelles, de los cuales se apoderaron. A medianoche, las fuerzas alemanas atravesaron la ciudad para rescatar a sus representantes diplomáticos y llevarlos a bordo de la flota, poniéndolos así a salvo de una eventual represalia por orden del gobierno venezolano. Otro tanto hicieron los británicos unos días después, trasladando además a varios connacionales que exigían su protección. La pequeña marina de guerra venezolana, compuesta por buques en su mayoría de procedencia civil, armados con cañones y lanzatorpedos para uso militar, no pudo oponer ninguna resistencia. El bloqueo naval de Puerto Cabello empezó el 22 de diciembre.

Ese día Javier se encontraba por casualidad en esta ciudad visitando la imprenta de su amigo José Antonio Segrés. Había ido al puerto para encargarle unos panfletos de promoción para su nuevo negocio de ultramarinos. En medio de la conmoción por el bloqueo naval, mucha gente horrorizada por los acontecimientos huía como podía a otros lugares más apartados del conflicto armado. Atemorizados por el fuego cruzado entre el Castillo del Libertador y el Fortín Solano, desde donde las fuerzas nacionales combatían a los barcos extranjeros anclados en el puerto, Javier y José Antonio se refugiaron en el sótano de la casa de este último, donde funcionaba su imprenta, para protegerse de los ataques entre los dos bandos. La ciudad puerto era, en definitiva, un auténtico pandemonio.

Después de casi dos meses de conflicto, se logró la mediación por parte del presidente de los Estados Unidos, Theodore Roosevelt, quien consiguió que las partes involucradas firmaran un acuerdo de paz el 13 de febrero de 1903. Una vez superados estos adversos incidentes, el país entró en un período de calma que permitió un progreso económico como nunca antes, apoyado por el comienzo de la explotación intensiva del petróleo, que ya varias décadas antes había sido descubierto bajo el territorio nacional, pero todavía no había podido convertirse en una fuente real de recursos por la escasa infraestructura tecnológica del país y escasez de mano de obra calificada.

Las compañías extractoras norteamericanas, aprovechando la creciente influencia que su gobierno había adquirido en Venezuela tras el logro de los acuerdos de paz de 1903, comenzaron a hacer prospecciones de los depósitos geológicos de petróleo en suelo venezolano. Con su avanzada tecnología, muy pronto empezaron a extraerlo y producir sus derivados, dando un vuelco a la situación económica del país, aunque como siempre, los únicos favorecidos fueron las clases ricas y cercanas al poder, que se quedaban con las cuantiosas ganancias que empezó a generar el oro negro.

Un ejemplo de esto, fue que en 1904 llegó al país el primer automóvil. Era un Panhard Levassor, traído por doña Zoila Martínez, la esposa de Cipriano Castro, al regresar de su viaje a Europa. Ese mismo año llegaron otros varios vehículos automotores, importados por los más pudientes de la ciudad de los techos rojos, la capital del país. Estaba surgiendo así una clase social alta, donde los personeros y administradores del gobierno se hacían cada vez más ricos, en contraste con la emergente clase obrera, o sea los trabajadores más pobres, campesinos analfabetos que abandonaban sus campos para trabajar en estas compañías transnacionales, los cuales representaban mano de obra barata para éstas.

Javier, siempre de fino olfato para las oportunidades, no desperdició este tiempo de bonanza para hacer crecer de manera asombrosa sus negocios. Las comunicaciones en Las Termas eran ya un monopolio de Olavide, y la pulpería alcanzaba grandes cifras de venta ya que era el único establecimiento comercial de la zona que importaba todo tipo de mercaderías de la prestigiosa Europa, desde productos de primera necesidad hasta finas suntuosidades para los más ricos que podían pagárselas. Dos cosas rondaron, durante el siguiente lustro, en la cabeza de Javier: una, era el momento de encontrar nuevas oportunidades de negocios donde diversificar la inversión y multiplicar sus ganancias; y otra -empezó a reflexionar- ir abandonando su actitud personal de conquistador de los favores femeninos (que ponía en práctica durante sus frecuentes visitas a Macuto, Puerto Cabello o Caracas, aunque en su pueblo se cuidaba mucho para no comprometer su prestigio) y formar de una vez por todas su propia familia.

Entretanto, los dolores de cabeza del Presidente volvieron cuando en 1908 estalló una disputa entre los Países Bajos y Venezuela, en relación a la protección de refugiados políticos venezolanos que los holandeses permitieron en Curazao, una isla frente a las mismas costas nacionales que estaba bajo control de ese país. Venezuela entonces expulsó al embajador holandés, lo que provocó el envío de tres buques de guerra por parte de Holanda. Estos tenían la orden de interceptar todos los barcos con banderas venezolanas. Con su abrumadora superioridad naval, los holandeses interceptaron dos buques guardacostas en Puerto Cabello y se los llevaron a Curazao. Luego impusieron un bloqueo naval en los principales puertos de Venezuela.

En medio de estas hostilidades, Cipriano Castro enfermó gravemente por lo que fue convencido de que se trasladara a Berlín con el objetivo de ser sometido a una operación quirúrgica, con tan mala suerte que murió después del procedimiento médico. El vicepresidente ejecutivo de la República, que era el general Gómez, quedó encargado de la presidencia. Sin embargo, aprovechando la salida del país de Castro forzó cambios en su condición otorgándose a sí mismo poderes especiales, por encima de lo establecido en la Constitución de Venezuela. De esta forma se declaró Presidente en el mes de diciembre del mismo año. El nuevo gobierno pareció tener un buen comienzo, ya que se logró de inmediato un acuerdo que puso fin a la guerra con los Países Bajos. Con el advenimiento del nuevo Presidente, el país pareció entrar en una etapa de mayor estabilidad y empezaron a albergarse esperanzas de que esta vez la paz fuera duradera.

Javier sintió, por primera vez en mucho tiempo, que podía volver a hacer proyectos para aumentar su importancia e ingresos dentro del pueblo, ya que una serena alegría había vuelto a invadir a los vecinos de Las Termas, la cual recibieron esperanzados. El principal atractivo del pueblo, como su nombre lo indicaba, eran sus aguas termales, una de las más ricas en propiedades minerales en el mundo según los entendidos. Por esta razón, muchas personas pudientes de diferentes partes del país venían al pueblo para disfrutar de esta maravilla natural durante los fines de semana.

Que Las Termas creciera y recibiese cada día más visitantes, era el mejor estímulo que podía ofrecerle a los negocios de Don Javier Olavide. El nivel de vida de las familias, especialmente las de mayores recursos que explotaban la propiedad de hatos productores de café y otros productos de venta en todo el país, estaba creciendo. Como consecuencia, esto provocaba la ambición de nuevas costumbres ostentosas, como ocurría siempre que surgían nuevos ricos que intentaban imitar el lujo y la forma de vida de los aristócratas de las ciudades más importantes del mundo, así como de la capital del país. A fin de cuentas, esto hacía que aumentara el consumo de alimentos y bienes de uso, lo que había terminado convirtiendo a la pulpería de Javier en un sitio en donde podían encontrarse desde provisiones para todos los gustos hasta las telas más finas e incluso muebles y cubertería a la moda europea, en la tienda más variada e importante del pueblo.

Pero a pesar de que todo indicaba que la alegría y prosperidad se prolongarían en la vida de Javier, una sombra trágica lo afectó cuando corría el año 1910: Edurne cayó enferma. No se sabía lo que tenía, porque nunca se quejaba. Tampoco le gustaba ver al médico. Todos pensaban que era la nostalgia de no tener a su hijo a su lado, puesto que que el joven se había ido a trabajar a las Islas Canarias hacía ya un tiempo. Se sentía sola y triste. Javier insistió en llevarla a Valencia para que la viera un especialista, pero ella siempre se negó rotundamente. Su vida se fue apagando poco a poco. No tenía voluntad para bordar, coser, tejer o cuidar las flores del jardín. Se puso muy delgada por el hecho de que ya que casi no comía, y su rostro al pasar de los días iba reflejando una palidez cada vez más transparente. A veces por debajo de su piel podían verse claramente las líneas azules de sus venas.

Una mañana, cuando Hortensia llegó a su alcoba con el desayuno tocó la puerta como de costumbre, pero como nadie le contestó "pasa" como siempre, entró y la vio en su lecho con los ojos cerrados, sus facciones sin emociones, sin vida. Enseguida llamó por teléfono a Javier quien se presentó en poco tiempo. Edurne parecía un ángel durmiendo en un sueño de paz. Con un nudo en la garganta, Javier la tomó en sus brazos y le besó la frente mientras sus lágrimas bajaban despacio por sus mejillas, mojando las de Edurne. Su voz se quebró mientras murmuraba palabras que solo él pudo entender.

La muerte de Edurne coincidió, sorprendentemente, con los días en que sobre el cielo venezolano se pudo ver al cometa Halley, que solo aparece cada setenta años, aproximadamente. Entonces muchos aseguraban que si la cola del cometa tocaba la tierra, el planeta completo ardería en llamas. La población estaba asustada por los malos presagios que circulaban. En Las Termas, la aparición del Halley ocurrió entre los días 15 y 18 de mayo, cuando la Tierra en su recorrido orbital pasó a través de la cola del cometa.

Los habitantes del pueblo al salir de sus casas pudieron ver una enorme bola de fuego en la quietud del cielo atada a un haz de luz compuesta de pequeñas partículas que formaban su cola luminosa. La gente dejó de trabajar, los niños no fueron a la escuela. Las tiendas y negocios de todo tipo no abrieron. La gente estaba conmocionada ante el fenómeno que ya habían anunciado en la prensa algunos días antes. En el cielo se vio entonces un hermosísimo juego de colores: todas las gamas de azules, verdes y violetas se proyectaron en la inmensidad. Las mujeres lloraban y los hombres estaban entristecidos sin saber exactamente la razón de su pesar.

En la aldea se vivía una pesadilla. Nadie durmió esa noche, porque en la oscuridad seguía el imperturbable cometa espiando a sus testigos. A medida que pasaban las horas los residentes del lugar fueron acostumbrándose a la hermosa visión. En la madrugada del siguiente día se podía observar la enorme cola del cometa, perpendicular detrás de la montaña, como si ésta estuviera tragándoselo, llevándoselo hasta sus más profundas entrañas. El fenómeno se repitió en los siguientes dos o tres días, pero cada día más difuso. Era el mismo cometa despidiéndose de los lugareños, para no volver a verlos nunca más. Al menos por los siguientes 78 años.

Para muchos, ese día fue particularmente excepcional, pero aún más para Javier, porque esa noche Edurne murió sin despertar de su sueño. "El cometa se llevó a mi querido ángel hacia el universo infinito", se dijo para sí mismo. Al sentirse inmerso en medio de una terrible consternación, recordó el funesto día en que su madre falleció cuando su pequeña hermana llegó muerta al mundo. A pesar de que aún era muy niño para comprender lo que le estaba pasando, su dolor no fue menos intenso cuando le arrancaron a su madre de su lado.

La pérdida de su medio-hermana fue para él un motivo de particular congoja. Nicanor, el padre de ambos, había muerto unas semanas antes. Tan pronto como le fue posible, Javier llamó a su hermano Miguel que se encontraba en el hato de sus padres para comunicarle la muerte de Edurne. Aida Martínez estaba enferma de tuberculosis y al mismo tiempo muy asustada por el paso del cometa como todos en el resto del país. Apenas supo lo ocurrido, Miguel vino en su coche con su madre enferma a Las Termas, pero solo lograron ver a su hija y hermana sin vida, yaciendo en su lecho, porque había muerto en su sueño la noche anterior.

Después de organizar el funeral de Edurne, Javier le escribió una carta a Ignacio para informarle que su madre había muerto, al igual que su abuelo unos meses antes. Ignacio había partido a las Islas Canarias varios años atrás, y al principio había mantenido una, si no frecuente, al menos continuada relación epistolar con su madre y su tío. Pero sea por lo que fuera, nunca respondió al anuncio de la muerte de su madre y de sus abuelos. Javier se sintió preocupado por esa falta de respuesta, pero pensó que Ignacio ya era un muchacho con suficiente edad para saber qué era lo que debía hacer.

Mientras tanto, el presidente Juan Vicente Gómez, que para entonces ya llevaba dos años en el gobierno, mediante decretos incentivó la construcción de carreteras en todo el territorio. Para lo cual, junto a su gabinete concibió y realizó un programa de vías de comunicación con el objetivo de facilitar de ese modo el tráfico de mercaderías y transporte de personas. La explotación petrolera, además de dar alas a este proyecto, favoreció la producción de asfalto que al producirse en casa no haría necesaria su importación. Javier por su parte vio esto como la gran oportunidad que estaba esperando para diversificar aún más sus negocios. Por este motivo decidió importar de Europa una pequeña flota de vehículos para aprovechar la necesidad de transporte que nacía con aquellos acontecimientos. Los tres primeros camiones llegaron unos meses después en un barco carguero a Puerto Cabello, traídos directamente desde la lejana Alemania.

El problema inicial fue que no existía todavía en el país, y mucho menos en Las Termas, personal capacitado en este tipo de emprendimientos. Agregado al hecho, que muy pronto comprendió Javier, de que la magnitud que habían ido adquiriendo sus empresas no le permitiría controlar todo personalmente, y no contaba con nadie de suficiente confianza para cederle parte de su gestión.

Entonces, cuando menos lo esperaba, ocurrió algo que habría de remediar esa carencia: Ignacio regresó de las Canarias.

Capítulo 6

Las aguas sulfuradas y medicinales de Las Termas eran conocidas desde hacía mucho tiempo, e incluso habían sido visita-
das a principios del siglo XIX por Alexander Von Humboldt,
científico prusiano que obtuvo de la Corona española los pa-
saportes y salvoconductos necesarios para llevar a cabo una
expedición científica en América del Sur. Esta expedición
fue concretada en compañía de su colega el botánico francés
Aimé Bonpland y el geógrafo italiano Agustín Codazzi, quienes hicieron los primeros trabajos de cartografía en Venezuela.

Sin embargo, no fue sino hasta el año 1889 cuando se fundó el
balneario del centro termal, con inversión pública y privada.
Así mismo, se creó un hotel con piscina donde el agua sulfurosa
salía directamente de un río subterráneo que las alimentaba.
Con el advenimiento de este centro, muchas personas acauda-
ladas de todo el país venían al pueblo para disfrutar de las propiedades curativas de estas formidables aguas. Por esta razón,
muy pronto el pueblo de Las Termas también se convirtió en

un centro de reunión de políticos y personas ligadas a la economía del país.

Estas aguas tenían la particularidad de ser bicarbonatadas, sódicas, fluoradas, silíceas, mineralizadas, así como también eran radioactivas no nocivas. Los manantiales salían del interior de la montaña a 92 grados centígrados para luego convertirse en un denso vapor al salir a la superficie, lo que les daba propiedades curativas para calmar afecciones reumáticas, del aparato locomotor, digestivas, respiratorias, del sistema neurovegetativo, de la piel, antialérgicas y desintoxicantes.

Juan Vicente Gómez, cuyo ejercicio del poder en Venezuela abarcó gran parte de la vida de Javier, era diabético y ya entrado en años y sufría también de la próstata, de modo que acostumbraba darse baños en las aguas de Las Termas y en las de San Juan de los Morros, en el estado Guárico. Tomando baños calientes de asiento se mejoraba notablemente de estos males, así como también de las tensiones debido a su vida política.

Fue en una de esas ocasiones cuando Matías Pereira se enteró de que el Presidente frecuentaba el Balneario de Las Termas, poblado cercano al que él vivía. Pereira era uno de los jóvenes andinos que habían acompañado, armados con fusiles, chopos, escopetas y machetes, a Cipriano Castro y al propio Juan Vicente Gómez cuando resolvieron invadir Venezuela a finales de 1899 para derrocar al entonces Presidente Ignacio Andrade. Durante los alzamientos Matías iba siempre acompañado por Rosa, su mujer, a quien el general Gómez conocía muy bien porque a veces ella misma le preparaba sus comidas.

Algunos años más tarde, estando Gómez en su casa de Las Delicias en la ciudad de Maracay, recibió una carta de aquél andino, que para entonces ya estaría entrado en años. En su misiva se dirigía al General en los siguientes términos:

"Mi Estimado General: Por medio de la presente me dirijo a usted, respetuosamente, para informarle de la necesidad que me acontece para que su mercé me conceda una audiencia, ya que me urge hablarle de un asunto personal".

Al recibir la carta, ese mismo día por la noche, Gómez le preguntó a su hijo José Vicente, quien lo acompañaba siempre en sus viajes de recreación a las aguas termales:

—¿Cuál será el interés de Pereira en verme personalmente?

—Pereira abandonó a Rosa, su mujer, y a sus cinco hijos, porque ahora parece que tiene una novia de la sociedad de Caracas, de apellido Alcántara. —resumió José Vicente —Creo que este hombre lo que desea es participarle a usted su matrimonio con ella. Él sabe muy bien que cuando uno de sus soldados que fielmente le han servido desde los Andes, al contraer matrimonio, usted que es muy generoso les regala una casa.

—Muy bien —respondió el Presidente tras escuchar a su hijo y acariciándose los bigotes, dijo:

—Se casa Pereira. Mándele una carta donde le diga que lo esperaré en Las Termas el próximo sábado por la tarde para hablar con él.

Efectivamente, el sábado por la tarde de esa misma semana cuando Gómez se encontraba en Las Termas, le anunciaron la visita de Pereira.

—Buenas tardes mi General —saludó Pereira llevándose la mano a frente, como si aún estuviera en servicio.

—Sé que te vas a casar y te felicito. —le dijo de inmediato el general a su antiguo soldado.

—Sí mi General, efectivamente voy a casarme pronto —respondió Pereira sin más.

—Como tú y tu mujer han sido fieles para conmigo durante muchos años, les voy a regalar la mejor casa que tengo en Maracay. Pero eso sí, la voy a poner a nombre de Rosa, tu mujer, ya que ella se lo merece, porque tengo entendido que ustedes tienen cinco hijos.

Al escuchar lo que el General le decía, Pereira sintió que la cara le ardía de ira. Sin embargo, pudo disimular ya que no le quedaba más remedio que casarse con Rosa, la madre de sus hijos, aunque le estropeara los planes que tenía con su novia rica. Entonces, como un chispazo que le iluminó los ojos repentinamente, a Matías le vino a la cabeza la conversación que había tenido con su compadre hacía algunos días atrás.

—Antes que nada, quisiera darle las gracias por tan amable gesto de usted para conmigo —comenzó a decir muy circunspecto —Con todo respeto, y teniendo en cuenta que su merced es un asiduo visitante de estos baños, y que por los momentos estas instalaciones no están siendo mantenidas como se debe para la seguridad de usted mismo y de otros ilustres visitantes, y que en estos momentos no tengo trabajo para mantener a mi familia…

—¡Continúe hombre! ¡Al grano!

—Como le iba diciendo mi General, el encargado de este establecimiento, que es mi compadre, me ha comunicado que necesita un socio con algo de dinero para ampliar las instalaciones. Le he dicho que iba a hablar con su mercé, ya que es necesario remodelar y ampliar las instalaciones de las termas...

—¿Y qué es lo que usted quiere hacer? —le interrumpió el Presidente.

—Quisiera asociarme con mi compadre, mi General. Es menester hacer otro piso, uno encima del que ya tenemos en el hotel, para ampliarlo, así como también hacer otra piscina para los visitantes.

—¿Y por qué su compadre no ha venido para hablar conmigo? —respondió el Presidente mesándose sus abundantes bigotes.

—Pues porque antes yo quería pedirle a usted, con todo respeto mi General, un empréstito. Ya he hablado con mi banco, donde tengo unos pequeños ahorros, pero lo que ellos me dan no alcanza ni para la mitad de lo que se necesita hacer.

—Cuente con eso. Vaya al banco, luego me dice cuanto le falta para hacer las remodelaciones que quiere y asunto resuelto. Ahora tengo otros asuntos de que ocuparme. Hasta luego.

—¡Muchísimas gracias mi General!

Aunque cojeaba de una pierna debido a un tiro que recibió cuando joven, Matías Pereira gozaba de grandes simpatías entre las muchachas del lugar. Era zalamero y enamoradizo, silbaba como un pájaro y bailaba con salero. Cuando se ponía a tono con un trago o más, cogía el cuatro y empezaba a contrapuntear. Movía con destreza los dedos en los trastes con el conocimiento pleno de los tonos mayores, así como también en los menores, haciendo quejar las cuerdas cuando la música era muy triste o melancólica. Eran pocos los músicos que le podían igualar. Esta habilidad musical le hacía captar numerosas simpatías entre los oyentes. Era buen mozo, de ojos oscuros. Aunque no era alto, tenía músculos fuertes, negro el pelo rizado y negros los bigotes bien cuidados.

No obstante, su inteligencia no era muy abierta y carecía de cultivo. Lo único que quería era hacer dinero de cualquier manera para llenarse los bolsillos como fuera y cuanto antes. Pensaba que su juventud la había desperdiciado sirviendo en un ejército caudillo sin mucha remuneración; y era por esto que ahora estaba decidido a ganar dinero a toda costa.

Después de su entrevista con el General, Matías habló con su banco en Valencia y pidió un préstamo para construir una segunda planta en el hotel de Las Termas. Puso en garantía la casa recién adquirida, después de haber convencido a Rosa de que eso era lo mejor para todos, ya que cuando el hotel empezara a funcionar ganarían tanto dinero que podrían pagar el préstamo del banco y vivir holgadamente. Seguidamente fue a ver al Presidente, quien le facilitó más dinero, con lo cual llevó a cabo los cambios necesarios en el balneario, así como también se pudo comprar un carro nuevo. De esta forma, al convertirse en el socio mayoritario, a los pocos meses le dio lo que le correspondía a su socio y se quedó con la propiedad y administración total del local.

Poco después de un año, cuando las remodelaciones estuvieron listas, Matías vio que no aumentaba mucho la cantidad de visitantes que venían a las aguas termales. La deuda con el banco se incrementaba al paso de los días y meses, debido a los intereses. Para colmo, su mujer lo echó de la casa argumentando que si no pagaba la deuda contraída con el banco, perderían la casa de sus hijos.

Al borde del desasosiego, un día Matías viajó a Puerto Cabello y visitó un burdel de la costa. Allí conoció a Erika Weber, una alemana viuda a quien su marido había dejado sin hijos ni patrimonio. Erika, pelirroja de ojos verdes y mirada intensa, había estudiado música, baile y declamación en su país de origen, antes de casarse y venirse al país con su marido. Cuando éste murió, Erika que ya había cumplido 35 años, al verse entrada en años y sin nada pero aun irradiando energía y belleza, lo primero que hizo fue empezar a trabajar en ese burdel de mala muerte en el puerto.

Matías quedó fascinado con esta mujer que tenía acento extranjero, así como también hablaba y se vestía con pomposidad. Muy pronto entablaron conversación:

—¿De dónde eres? ¿Por qué estás aquí? ¿Y tu familia, dónde está? —le preguntó Matías entre otras cosas.

En pocas palabras ella le habló de su vida, pero al mismo tiempo le inquirió:

—¿Estás casado? ¿Tienes hijos? ¿No serás uno de esos hombres que van dejando hijos por dondequiera que pasa? ¿En qué trabajas?

—Sí que estoy casado y tengo cinco hijos, pero no vivo con mi esposa. Ellos viven en Maracay y yo vivo en Las Termas, donde tengo un hotel con piscinas de aguas termales sulfuradas. Las instalaciones son modernas, pero ahora no está dando mucho dinero. No vienen muchos visitantes en estos tiempos que corren. La situación se ha vuelto muy difícil para mí, porque he pedido préstamos y tengo muchas deudas. Si no hago algo pronto perderé la casa de mi familia y también el negocio.

—Tengo una idea que te podría interesar. ¿Por qué no traes jóvenes de los alrededores para atraer visitantes masculinos? Pueden trabajar ayudándote en el servicio de limpieza, del bar y las mesas, así como también como damas de compañía a los visitantes. Yo estoy cansada de este trabajo sin ganancia ni futuro. Puedo ayudarte con la administración y enseñarles a las chicas cómo hacer el trabajo. Esto podría sacarte de las deudas que has contraído.

A Matías esta idea le pareció excelente y más lucrativa de lo que hasta ahora venía haciendo con el balneario, por lo que solo le dijo a Erika como despedida:

—Pásate por Las Termas la próxima semana y hablaremos de lo que vamos a hacer. Hasta entonces y muchas gracias.

—Hasta pronto —respondió ella.

Los dos hicieron una especie de sociedad. La administración la harían entre Matías y Erika y las ganancias se partirían entre los dos. Matías entonces empezó a viajar por los pueblos más pobres de los alrededores para traer muchachas bonitas y solteras. Erika se ocupó de las muchachas que trabajaban en el hotel: les enseñó a bailar, vestirse y hacer espectáculos en vivo para atraer clientes. Con las primeras ganancias, se dotó, tanto al restaurante como el bar, con nuevas ofertas de comidas y bebidas. Los fines de semanas había espectáculos y durante la semana se hospedaban a las familias en la parte de abajo del hotel.

Al cabo de un año, el negocio iba "viento en popa". De hecho, lo que Matías tenía era claramente un burdel. Ya había discutido con su mujer, quien lo abandonó exigiéndole que le comprase una casa en Valencia y le diera una pensión mensual para el mantenimiento de sus hijos menores. Vendió la casa de Maracay y le compró una en Valencia, que era lo que Rosa quería. Su hijo mayor, que para entonces ya tenía veinte años, vino al balneario para ayudar a su padre con el trabajo. Matías al pasar de los meses seguía haciendo dinero con su burdel, pero de una manera un poco encubierta. Para muchos, el balneario era solo un lugar de recreación para las familias de bien, pero la mayoría de las personas del pueblo estaban al tanto del negocio ilícito que en realidad se escondía detrás del balneario. No estaba seguro hasta cuándo podría encubrir lo que pasaba bajo su techo, pero sentía un cierto temor al pensar en el futuro de su empresa.

Por su lado, Javier mejoraba cada día su pulpería cada día más, a pesar de que las importaciones no fluían tanto como en años anteriores a la Gran Guerra en Europa. Por otra parte, desarrollaba también el negocio de los camiones junto a su sobrino Ignacio, lo que le prodigaba constantes beneficios, debido a que el programa del gobierno de crear una red de carreteras a nivel nacional se desarrollaba intensamente. Por esta razón, ambos, Javier y Matías se habían convertido en los dos personajes más ricos y notables del pueblo. Tanto así que empezaron a mirarse con recelo y a envidiar cada uno los negocios del otro, como ocurre siempre en estos casos.

Es cierto que Las Termas había cambiado mucho, pero para muchos de los vecinos no había sido precisamente para mejor. La mayoría de los residentes pensaba que uno de los motivos de su decadencia era la presencia del prostíbulo montado por Matías Pereira, que para entonces había crecido y se había expandido. Las familias decentes ya no querían visitar las curativas y famosas aguas termales, evitando asistir al espectáculo que se presentaba a diario con la presencia de oficiales, soldados y funcionarios de todo tipo que se reunían allí para alternar con las prostitutas. Para colmo, un día se corrió la voz de que una de las jóvenes que trabajaban había muerto en circunstancias confusas. Nadie quiso decir qué había pasado, pero como "los chismes vuelan" y "pueblo pequeño infierno grande", las malas lenguas aseguraban que la chica quedó embarazada y el padre de la criatura, que era esbirro de Gómez, había pagado para que la llevaran a abortar donde una comadrona, que hizo mal el trabajo con tan mala suerte que la joven murió.

Las compañeras de la joven hicieron presión para que llevaran el cuerpo donde su madre, quien al recibirlo juró que haría pagar a todos los que habían malogrado a su pobre hija. Se organizaron protestas en el pueblo, haciendo presión para que Matías se llevara su "negocio" de allí a otra parte. Se enviaron misivas a la gobernación del estado y hasta llamaron al Presidente para que lo sacara cuanto antes.

Javier estaba al tanto de lo que ocurría en el balneario y no era la primera vez que le decía a Matías que tenía que mudar su "negocio" a otra localidad. El hecho de tener un burdel en un pueblo tan pequeño donde vivían familias decentes era algo indeseable para los lugareños. Lo llamó aparte y le recalcó lo que ya antes habían discutido. Con un enojo muy grande, tono grave y apuntándolo con el índice le empezó a decir:

—¡Matías, no puedes estar aquí! Eres falso, embustero y explotador. Solo quieres llenarte los bolsillos a costa de esas pobres muchachas que traes. Todos en el pueblo sabemos lo que estás haciendo: aprovechándote de esas jóvenes que trabajan casi como esclavas, ya que no ganan lo suficiente para que puedan vivir decentemente y ayudar a sus familias. Engañas a sus padres, madres y hermanos, al ofrecerles un trabajo honesto, cuando sabes muy bien que no es así. Nos hemos enterado de que una de ellas murió hace unas semanas, debido a un aborto...

Matías sin dejar que Javier terminara su discurso, levantando la mano derecha al mismo tiempo que la barbilla en actitud desafiante, le contestó mirándole fijamente a los ojos:

—¡Ese no es tu problema! Yo tengo los recursos y todo el derecho de tener mi propio negocio sin perjudicar a nadie en este pueblo.

Javier le replicó subiendo el tono de su voz:

—¿Perjudicar? ¿Pero de qué hablas? ¡No puedes tapar el sol con un dedo! ¡La codicia te va a matar! Claro que estás perjudicando la reputación de todos los que vivimos decentemente aquí. Ya verás de lo que soy capaz. Puedo hablar con el General y organizar una reunión con los mandatarios de los estados vecinos.

—Si es por eso, yo también puedo hablar con el General, ya que he sido parte de su ejército en el pasado.

—¡Llamaré al Obispo si es necesario!

En ese momento, cuando la conversación ya había subido demasiado de tono y los dos hombres estaban a punto de irse de las manos, el hijo de Matías, que era alto y fornido, vino a su encuentro y los separó. Se disculpó con Javier, muy a pesar de su padre, Matías.

—¡Este no es el lugar ni momento para armar una reyerta! Señores, espero que se comporten como tales. Lo siento mucho, Don Javier. Papá, mejor te vienes adentro.

Sin decir nada más, los dos hombres se separaron y se fueron cada uno a su respectiva casa.

Entretanto el General Benemérito, como llamaban a Juan Vicente Gómez, había mudado la sede de la presidencia de Caracas a Maracay, donde vivía en su casa-hacienda rodeado de árboles frutales, disfrutando de un ambiente bucólico, ya en su avanzada edad. Su finca estaba en las faldas de la montaña la cual separaba la ciudad de la costa, en una zona templada llamada Las Delicias por su clima fresco y su ambiente tranquilo.

Gómez pensaba que por el mal estado en que se encontraban los caminos y carreteras del país, viajar a la capital para hacer gestiones gubernamentales, reunir a los civiles y militares de alto mando para discernir asuntos de estado, era una gran pérdida de tiempo y esfuerzo. Así que las reuniones con personeros del gobierno se hacían en lugares de esparcimiento cercanos a su residencia, como Las Termas o en las aguas termales de

San Juan de los Morros. Él creía que rodeado de tranquilidad y desasosiego, en el tiempo y lugar preciso, era donde las principales decisiones del gobierno se tomarían con absoluta certeza.

Fue en ese momento que, por el año 1913, organizó una reunión en Las Termas junto a su hijo José Vicente y los gobernantes de algunos estados, para evaluar los progresos que se estaban haciendo en la construcción de las carreteras, así como también para mejorar la gestión de los problemas que habían surgido en la construcción y desarrollo de las mismas. Para entonces, Javier y Matías eran con largueza los empresarios más destacados del pueblo, aunque su relación se podía definir como la del "aceite y vinagre": ninguno de los dos cedía en sus diferencias.

A oídos del Presidente ya habían llegado las quejas del uno y del otro. Javier, además de haberle expuesto al Presidente sus razones por las que quería que Matías llevara su negocio a otra parte, había hablado con el Obispo encargado de la Arquidiócesis de Caracas, así como también con los jefes de los estados Carabobo y Aragua. De esta forma se organizó una reunión donde también se hizo una inspección por las instalaciones del balneario de Las Termas, y se redactó un detallado informe del estado de éstas. Al cabo de las deliberaciones entre unos y otros, se libró una orden judicial por escrito ordenando la salida inmediata de Matías del hotel.

Pereira, obligado a salir de Las Ternas, con algunos ahorros que pudo guardar durante el tiempo que estuvo administrando el hotel de las aguas termales, compró un local para continuar con su "negocio" en La Encrucijada. Como su nombre lo dice, La Encrucijada se encuentra en el cruce de caminos entre los Estados Carabobo y Aragua, los mismos que conducían hasta

Guárico hacia el sur, y a Caracas hacia el norte. Lo cual representaba un punto estratégico para hacer prosperar su burdel.

Librado el pueblo de tan funesto negocio, vinieron años de armonía y tranquilidad. La administración pasó a manos de un nuevo inversor que supo mantener las instalaciones en orden para recibir a sus visitantes, trayendo prosperidad a Las Termas. Para Javier, la salida de Matías fue un golpe certero a su cada día mayor poder económico e influencia dentro del pueblo. La importación de ultramarinos, el monopolio local de las comunicaciones y su flota de camiones para la construcción de carreteras, así como también transporte de mercadería que ya - administrada por su sobrino Ignacio- había sobrepasado la media docena de vehículos, lo habían puesto en el sitio más preponderante del municipio. Su influencia y su poder eran tales que incluso podría haber aspirado a ejercer cargos políticos en Las Termas. Pero calculador y al mismo tiempo ambicioso como era, había tenido la prudencia de mantenerse al margen de las cambiantes facciones que dominaban la política de su país.

Fue por ese tiempo cuando empezó a pensar seriamente en que era hora de formar una familia.

Capítulo 7

En 1916, cuando estaba a punto de cumplir 48 años, Javier decidió casarse. Su tío Juan José siempre le había recalcado que necesitaba sentar cabeza y tener una familia "como Dios manda". "Ahora es el momento", pensó. Con una posición económica estable lo más oportuno en esos momentos era casarse, por eso de que "un hombre no está completo sin una mujer a su lado". Tal vez también por lo de "detrás de un gran hombre hay siempre una gran mujer". Para él había llegado el momento de formar una familia para su posteridad.

A Las Termas había llegado hacía algún tiempo a vivir una viuda con sus cuatro jóvenes hijas. Ileana Woodberry era nieta de un militar miembro de la Legión Británica que había llegado a Venezuela para luchar junto con el ejército criollo contra el realista en la guerra de independencia. Su abuelo, George Woodberry Pitman había nacido en el Condado de Worcestershire, Inglaterra en 1792. Enlistado en 1812 en el 18° Húsar Real, un regimiento de caballería del ejército británico, más adelante se unió al ejército de Wellington como Teniente, para luchar contra Napoleón Bonaparte. El hombre había desarrollado una gran pasión por la escritura, y por esta razón durante su tiempo en el ejército británico trabajaba como escribiente llevando un diario donde redactaba los eventos ocurridos durante las principales batallas desde 1813 y 1814. Pitman estuvo también en la batalla de Waterloo en 1815, comandada por el mismo Duque de Wellington.

Al terminar las guerras en Europa, Pitman junto con otros veteranos británicos viajó a Trinidad y de allí a Venezuela. Simón Bolívar quería incorporar militares con experiencia en las guerras napoleónicas para que lo apoyaran en su causa independentista. Pitman fue nombrado Jefe de Personal del General Juan Bautista Arismendi, quien comandaba la Legión Británica, en Angostura, sureste de Venezuela. Participó en la Batalla de Carabobo el 24 de junio de 1821 donde el ejército del General Simón Bolívar derrotó a las fuerzas realistas, declarando la Independencia de Venezuela.

En 1824, George contrajo matrimonio con Mercedes López con quien tuvo tres hijos. Mercedes era hija de un acaudalado hombre de negocios y como dote por su matrimonio con George, recibió unas tierras en El Terronal, en el pueblo de Güigüe, estado Carabobo, cerca de Valencia. George vivía con su familia una vida tranquila, alejada de batallas y conflictos. Junto con su esposa e hijos cultivaba varios rubros, primero cacao y luego café que le reportaba algunos ingresos, aunque también recibía una pensión del estado.

Esta hacienda fue la que dejó como herencia a sus hijos y nietos al morir en 1833, con tan mala suerte que sus descendientes fueron expropiados de sus tierras por los caudillos gobernantes de turno. Guillermo, el hijo menor de Pitman, murió defendiendo su hacienda de Güigüe, así como también su esposa murió poco tiempo después de tuberculosis. Gonzalo su hijo mayor tuvo dos hijas: Ileana y Cristina, siendo ésta última la mayor. Cristina para entonces ya estaba casada y tenía tres hijos. Ileana, al morir su padre y aun siendo muy joven, se fue a vivir con su hermana mayor.

Al cumplir la mayoría de edad, Ileana empezó a sentirse atraída por Francisco Rojas, hijo de inmigrantes españoles, quien a su vez era el hermano menor del marido de Cristina, su hermana. Los padres de Augusto y Francisco eran dueños de un ingenio azucarero, quienes regresaron a la península en 1880 dejándoles la administración de sus bienes a los dos hermanos. Ya entrados en años, sus progenitores no se sentían seguros ni a gusto en el país que los había recibido en el pasado, por el hecho de que en esos momentos se encontraba sumido en luchas intestinas entre caudillos, gobernantes, partidos políticos y revoluciones.

Ileana y Francisco se casaron al cabo de un tiempo después de haberse conocido en la casa de su hermana. Como producto del amor de esta unión nacieron cinco hijos robustos y saludables como sus padres. Manuel que era el mayor y cuatro hijas: Maira, Inmaculada, Alba y Mirta. Además del trabajo que tenía junto a su hermano, Francisco a través de sus contactos con el gobierno, había conseguido una plaza para trabajar en la aduana de Puerto Cabello. La vida de la familia Rojas Woodberry en Valencia era placentera a pesar de los cambios políticos y sociales que se vivían en el país durante esos años.

Ileana se sentía como si la dicha fuera duradera al estar rodeada de una hermosa familia como la suya, con un marido amoroso y trabajador como era Francisco. Nunca se preocupaba por el futuro sin percibir lo que el destino le depararía en los meses por venir. Fue cuando un revés del destino le cambió el norte. Manuel, su hijo mayor al cumplir diecisiete años fue enlistado por un ejército de caudillos para luchar en la guerra civil que se estaba fraguando en esos momentos. Con tan mala suerte de que al finalizar ésta no regresó a casa ni se supo de él.

Tanto ella como su esposo Francisco empezaron a discutir diariamente por todo y por nada. Se echaban la culpa el uno al otro por la desaparición del hijo de ambos, al punto de que al cabo de un año, sumido en la pena que le produjo la pérdida de su primogénito, el padre enfermó y murió al poco tiempo.

Como si no fuera suficiente para Ileana, al transcurrir algunos meses más, Cristina murió dando a luz su cuarto hijo, cuando aún Ileana seguía de luto por la muerte de su esposo Francisco. Augusto, para colmo, vendió la hacienda azucarera y todos los demás negocios que tenía junto con su hermano Francisco y se fue a España con sus hijos, dejando a Ileana y sus hijas sin desprotegidas y sin patrimonio.

A Ileana lo único que le quedó fue la casa donde vivía en Valencia y algunos ahorros que su esposo le había dejado. Cuando las provisiones y el dinero empezaron a escasear, se vio obligada a vender muchos de los enseres de su hogar: vajillas, cubertería de plata, joyas y todo lo que pudo. Cuando ya no le quedaba más nada que vender, ni siquiera un centavo para alimentar a su familia, vendió su casa de Valencia y se fue a vivir a Las Termas con sus hijas, donde pudo comprar otra casa a menor precio.

Al pasar de los años, sus hijas se iban convirtiendo en unas adolescentes hermosas, educadas y bien formadas. Doña Ileana, siendo el arquetipo de una viuda auténtica de su época, le preocupaba la suerte de sus hijas ya en edad de casarse. No podía dejar de recordar los tiempos felices, cuando su marido Francisco Rojas había trabajado para el gobierno de Andueza Palacios como administrador de la Aduana de Puerto Cabello.

—¡Qué tiempos! —contaba a menudo a quien quisiera escucharla —Entonces se veía el dinero por todas partes. En esa época se produjo una bonanza fiscal que trajo consigo la mejora de los precios internacionales del café. ¡Las jóvenes se casaban a diario! Luego vino el desalmado de Crespo, quien se alzó contra el gobierno en marzo de 1892 con su Revolución Legalista y destituyó a Palacios, y como consecuencia de estos cambios Francisco también perdió su trabajo. ¡Si hubiera continuado Palacio por dos o tres años más, habría nombrado a mi esposo, al menos, diputado ante el Congreso Nacional!

Cuando llegó a Las Termas, aunque la vida era más tranquila y sosegada que en Valencia no se veían muchos hombres en edad de casarse. Para colmo, ya las Rojas Woodberry no contaban con las mismas relaciones de los viejos tiempos. Y menos aún conocían a las familias que vivían en el pueblo.

Un domingo a media mañana, Javier partía para Valencia a comprar algunas cosas que necesitaba para su despacho de medicinas, y al pasar en su coche frente a la capilla del pueblo vio salir de ésta a una mujer con un traje gris, largo hasta los pies, el pelo recogido y llevando pendientes de oro con perlas. Estaba rodeada de cuatro hermosas jóvenes. Enseguida le preguntó a Ignacio, que iba con él:

—¿Conoces a esas mujeres? ¡No las había visto antes!

—La madre es una viuda que ha venido de Valencia con sus cuatro hijas. Se han instalado en una casa modesta al lado de la escuela. Tenían una casa en Valencia, pero la madre tuvo que venderla porque no tenían suficiente dinero para mantenerse y es por eso que se han mudado a Las Termas.

—Es curioso, pero ¿cómo sabes todo eso?

—Ay tío. Aquí se sabe todo. Hace algún tiempo me presentaron a la hermana mayor, se llama Maira, es muy seria y hacendosa, aunque parece que también es un poco huraña. Es costurera y prácticamente sostiene a la familia. Ella es la que hace las compras y ayuda a su madre con la crianza de sus hermanas. La hermana segunda se llama Inma y se la pasa casi todo el tiempo bordando, es un poco ensoñadora. La tercera, Alba es muy hermosa y dicen que le gusta mucho leer. La menor, Mirta, va a la escuela del pueblo ya que aún es muy joven.

—¡Qué rápido te has enterado de las recién llegadas! Tal vez las he visto en la pulpería, pero ahora no me acuerdo. Me gustaría conocerlas. Estoy pensando que ya es hora de terminar con mi soltería y formar una familia.

—Bueno, si tú lo dices… Sabes que el próximo mes, el día tres exactamente, por la celebración del Velorio de la Cruz de Mayo, habrá fiesta en el pueblo. Todos los vecinos estarán allí, espero que también vengas tú, tío.

—¡Ah! ¡Se me había olvidado! Claro que iré. Sabes que no soy muy devoto, pero en el día de La Cruz de Mayo se pagan promesas por motivos de salud o devoción.

Javier concurrió efectivamente a la feria, y allí tuvo la oportunidad de ser presentado a la familia Rojas Woodberry. Aunque lo que quería era casarse sin importarle mucho con quien, al ver a las cuatro jóvenes juntas la que más le llamó la atención desde un principio fue la tercera, que se llamaba Alba.

Ileana, muy observadora como era, enseguida tuvo la certeza de que ese hombre quería casarse con una de sus hijas. Mirta, la menor, tenía solo trece años, por lo cual aún no estaba en edad de casarse. La mayor, Maira, era el sustento de la familia, tenía un carácter fuerte y decidido por lo que difícilmente haría lo que ella misma no quisiera hacer. Inmaculada era soñadora y muy religiosa, pasaba los días bordando, como si su mente estuviera en otro lugar. ¿Tal vez su mismo nombre era como un designio divino? Ileana se consoló pensando que no fue ella quien le puso ese nombre, fue su padre, en contra de su voluntad. Solo quedaba Alba, que con sus 16 años y en la flor de su juventud ya era una mujer completa y casadera. Al parecer, los intereses de Javier y de Ileana empezaban a coincidir.

Javier cortejó a Alba durante casi un año, aproximadamente. La visitaba por las tardes, pero siempre bajo la supervisión de Ileana, que se sentaba en su silla al lado de la ventana con un libro en las manos, escuchando disimuladamente lo que decían y espiando con el rabillo del ojo a los "tortolitos", por si acaso. Algunas veces Javier la invitaba a la plaza del pueblo cuando había ferias, comían cucuruchos de maní y pasteles con crema. Alba siempre iba acompañada de Inma o Mirta, nunca sola. Al transcurrir un poco más de un año desde su encuentro, Ileana los reunió a los dos para apurar las cosas y convencerlos de que tenían que casarse cuanto antes, ya que parecía que el idilio duraría por mucho tiempo sin tomar decisiones.

Javier no quería casarse en la iglesia de San Millán de las Ternas. Quería que su casamiento fuera algo diferente, aunque no pomposo. Con la ayuda de su amigo José Antonio Segrés, el dueño de la imprenta de Puerto Cabello, organizó la ceremonia en la iglesia de Nuestra Señora del Rosario en la calle de Los Lanceros de esa misma ciudad. Javier iría al puerto en su auto, conducido por su sobrino Ignacio acompañado por Maira, la hermana mayor de Alba, que serían los padrinos. Para el traslado de los invitados se organizó el transporte con los camiones y los que querían ir por su cuenta tomarían el tren o viajarían en sus propios autos. De esta forma la boda se programó para el día 3 de febrero de 1916.

Alba, junto a sus otras dos hermanas y su madre Ileana, fueron al Puerto en el Ford T de Gustavo Weil, el primo de ésta, quien vivía en Valencia pero siempre estaba pendiente de ellas. Gustavo, siendo miembro de una familia con buena posición económica y contactos con el gobierno, viajó a Inglaterra para aprender inglés, y después a Alemania para aprender alemán. Al regresar al país, por su habilidad con las lenguas el Presidente lo había nombrado Embajador de un país en el norte, donde trabajó por algunos años hasta que el gobierno cambió. Desde entonces se dedicaba a invertir su dinero en negocios rentables.

Aunque la iglesia no era muy grande, el recinto estaba bastante iluminado por grandes ventanales laterales. Con techo de listones de madera de machihembrado, había cuatro lámparas de seis bombillos cada una. Todo esto, junto a las paredes blancas con sus columnas del mismo color, daba una sensación de amplitud. Al fondo, al centro del retablo amarillo había un Cristo crucificado, y a cada lado una imagen de la virgen. Detrás del altar había una silla de madera de caoba y a su lado un banco del mismo material, haciendo juego con los cojines amarillos de ambos, donde el sacerdote que oficiaría la ceremonia se sentaría. Al frente del altar se habían dispuesto flores rojas, rosadas y blancas en inmensos jarrones. Los bancos de caoba estaban decorados, a lo largo del pasillo central, con lazos blancos terminados en el centro con un buqué de narcisos amarillos y blancos, lo que junto con las velas encendidas creaba un ambiente íntimo y acogedor por el perfume que envolvía el recinto religioso.

Sin embargo Alba, como toda novia joven, estaba inquieta y en cierto modo hasta aterrada con la idea de desposarse con un hombre que era tres veces mayor que ella. Ese mismo año cumpliría 16 años el 11 de febrero, día de la Virgen de Lourdes. Su madre le había hablado algo sobre la vida de casada, pero no mucho, ya que se consideraba tabú hablar de intimidades con las hijas. Lo peor era que ninguna de sus hermanas estaba casada, por lo cual sabían tanto como ella del matrimonio. No obstante, Alba no le hizo saber a nadie la angustia por la que estaba pasando.

Se veía hermosa en su traje de novia, aunque disimulaba su ansiedad con una mirada de tristeza. En esos meses de verano sus ojos eran verdes. Luego, en la época de lluvias, cambiaban de verde a gris, dependiendo de la longitud de onda de los rayos solares, ya que cuando estaba cerca del mar sus ojos eran azules. Sin embargo, en ese momento estaba tan poseída de su papel que parecía una reina. Llevaba un vestido de lino blanco bordado y ajustado en la cintura donde terminaba con un lazo grande al frente. Llevaba enaguas de muselina del mismo color y un pañuelo de seda prendido con un alfiler de oro para cubrir su casto pecho, ya que el vestido, por sugerencia de su hermana Inma, tenía que ser descotado para mostrar su perfecta figura. En plena flor de su juventud, Alba resaltaba entre todas las jóvenes de su edad por su hermosura. El conjunto de su cuerpo y cara era armónico: mejillas como dos manzanas, redondas y rosadas, brazos rollizos con piernas fuertes y firmes. Sus ojos verde-gris con largas pestañas rizadas, pelo castaño claro y ondulado, coronado por un tocado de flores donde prendía el velo que le cubría la cara, así como también su melena perfumada que le llegaba un poco más abajo de los hombros.

Calzaba unos zapatos blancos con hebilla de nácar y medias del mismo color, que asomaban por debajo del vestido hasta los tobillos. El buqué de novia estaba compuesto por cinco rosas amarillas y otras florecillas diminutas que se asomaban entre las pequeñas hojas verdes de las rosas. Todo el conjunto hacía juego con la decoración y el retablo de la iglesia.

Javier llevaba un vistoso traje azul oscuro que le hizo a la medida un sastre en Valencia. Llevaba camisa blanca de cuello alto al que remataba una corbata a juego con el traje. Los zapatos negros de patiquín eran de dos texturas diferentes: gamuza por la parte de las trenzas y el resto de patente. Debajo de la chaqueta tenía un chaleco, en cuyo bolsillo llevaba un reloj de oro sujetado por una cadena del mismo material, que dejaba asomar al tenerla abierta. El atuendo completo le daba un aspecto aristocrático. La ceremonia religiosa duró unos treinta minutos, al cabo de los cuales el cura les echó la bendición y un pequeño sermón que a Javier le pareció más largo que la boda misma.

Pero cuál no sería la sorpresa de todos cuando al salir de la iglesia, después de la lluvia de arroz y las felicitaciones, el cielo se puso completamente negro. El sol se ocultó por más de veinte minutos bajo la mirada atónita de los participantes. Muchos comenzaron a gritar y llorar de miedo y consternación, al ver que las gaviotas volaban en bandadas y los otros animales, confundidos, no sabían qué hacer: los pájaros salieron volando al unísono, los perros empezaron a aullar de miedo, las gallinas se fueron a sus corrales o treparon a los árboles para retirarse a dormir.

En medio de la confusión, el cura llamó a la calma de los presentes y comenzó a rezar para que todos también se sumaran a la oración. Al cabo de un rato el sol fue reapareciendo poco a poco. El eclipse solar tardó el tiempo suficiente para que algunos asistentes pensaran que este fenómeno inesperado era de mal augurio, por lo cual no todos los invitados fueron a la fiesta con banquete que se programó para después de la ceremonia en la iglesia. Los valientes que se quedaron se pusieron en marcha para la recepción que tendría lugar en el salón de un hotel de la localidad.

La fiesta fue lucida y rumbosa con una orquesta que amenizó la recepción. Javier y Alba hacían una hermosa pareja. De entrada bailaron "Dama Antañona", un vals compuesto por Francisco de Paula Aguirre. Luego bailaron otros valses, así como también el joropo "Claveles de Galipán", compuesto por el mismo autor. Durante el resto de la noche se bailó foxtrot, un baile de moda nacido en los Estados Unidos.

Se brindó con champaña. Había bebida y comida en abundancia, por lo cual los comensales cenaron a gusto. Luego cortaron el pastel blanco de cuatro pisos coronado por una parejita de mazapán y adornado con lazos amarillos.

Los novios se quedaron en el hotel del puerto, donde pasarían el resto de la semana de su luna de miel. Javier estaba impaciente, con deseos de estar a solas con su esposa. En un descuido, cuando los invitados estaban distraídos comiendo y bailando, la tomó de la mano y se dirigieron a la habitación que habían reservado.

Alba realmente no estaba enamorada. Para ella, casarse era simplemente cumplir con el deseo de su madre. Tenía miedo a la intimidad. Su familia le había organizado el matrimonio con un hombre al que ella casi ni conocía. No recordaba ni siquiera cuándo los presentaron, cuándo se habían visto por primera vez. Aunque sí recordaba las tardes en que venía a visitarla, que en realidad no fueron muchas, y siempre con su madre presente, observándolos disimuladamente en un rincón. Casi no hablaban porque él era parco de palabras, aunque cuando hablaba su voz infundía intimidad y calma. Le vino luego a la memoria las pocas veces que la invitó al pueblo para comer helados o cucuruchos de maní en las fiestas patronales cuando iba acompañada de alguna de sus hermanas. Siempre llevaba sombrero y bigote negro, que lo hacía lucir muy formal.

Ella, que era tan habladora, no podía entablar conversación con ese extraño hombre que se parecía a su padre, del que tampoco recordaba mucho porque murió cuando ella era aún muy pequeña. No tenían nada en común, nada de qué hablar. Estos pensamientos la atormentaban.

No obstante, Javier se sabía experto en cuestiones de faldas. Alba lloraba en silencio y a Javier le pareció hermosísima, como las dalias a punto de caer al suelo, dejando su perfume dulzón en el ambiente. Al encontrarse solos los dos le dio un abrazo largo, con mucha ternura. Ella se estremeció entre sus brazos y la sangre se le subió a las mejillas, no supo qué decir pero se dejó abrazar y besar, mientras un manantial brotaba de sus ojos verde-grises. Javier le dio la espalda mientras se quitaba la chaqueta, el chaleco y la corbata, diciéndole:

—No te preocupes, que no haré nada que tú no quieras, Alba.

—Gracias, Javier.

Poco a poco y con manos suaves pero diestras, le fue retirando primero el tocado, luego el vestido, dejándole el pañuelo que le cubría los pechos mientras le recorría con sus dedos la línea perfecta de éstos. Después de besarle el cuello la hizo girar suavemente para quitarle con cuidado, uno a uno, los ganchos del ajustado corsé que hacía resaltar su pecho. Cuando terminó, la tomó entre sus brazos y poniéndola delicadamente en la cama le quitó los zapatos, las medias y lo que le quedaba de ropa, con infinita ternura.

Alba cerró los ojos y se dejó llevar. Si alguien los hubiera visto por un agujero en la puerta o un resquicio de la ventana, habrían podido ver a un hombre desnudo y una mujer con solo un pañuelo de seda rodeándole el pecho y sujeto por un alfiler de oro, abrazándose en la cama.

Mientras, en la fiesta de bodas, Inma había conocido a un joven descendiente de un próspero comerciante alemán. Bailaron toda la noche, hasta que su madre le dijo que ya era hora de volver a casa con el primo de ésta, Gustavo Weis, que las había traído hasta Puerto Cabello en su carro. Aunque la noche parecía muy larga después de los preparativos, la ceremonia, el eclipse y la fiesta, para ellos como para los recién casados resultó muy corta. Un fuerte viento con olor a salitre y que producía su música cuando pasaba a través de las palmeras, venía del mar para refrescar suavemente la noche.

A la mañana siguiente, abrazados y con ojeras de noche nupcial, los recién casados salieron a desayunar en un mesón que estaba al lado del Consulado de Los Estados Unidos, al lado del mar. Allí Javier se encontró con algunos de sus amigos diplomáticos, que iban a desayunar regularmente al mismo sitio. Luego llevó de compras a su esposa a las principales casas de importación. Puerto Cabello se había convertido en una vibrante ciudad desde que el presidente Guzmán Blanco, durante su primer gobierno, ordenó el traslado de las operaciones portuarias que se realizaban en Maracaibo a la Aduana de depósito que había sido creada en el Castillo Libertador, a la entrada de la bahía de Puerto Cabello. Aunque estas regulaciones también perjudicaron a los comerciantes alemanes de la zona y sus alrededores en Maracaibo, Puerto Cabello al contrario creció como puerto principal del país después del de La Guaira, convirtiéndose de esta forma en los dos puertos principales ubicados en el litoral central.

Las pequeñas compañías quebraron por las pérdidas que sufrieron. Hubo muchos desempleados, y la mayoría de los propietarios extranjeros se fueron a sus países de origen. No obstante, las grandes firmas creadas en Maracaibo se trasladaron a Puerto Cabello, así como también elogiaron el cambio por los mejores precios que se obtenían en los mercados extranjeros, la eliminación de la competencia de los contrabandistas, el aumento de los ingresos al erario nacional y la destrucción del monopolio. Además de la exportación del café y la importación de productos farmacéuticos, había otros depósitos bien surtidos de artículos de consumo de todo tipo, encargados por importantes firmas de Valencia, Caracas y Maracaibo, que se vendían muy rápidamente. Estos eran rubros tales como encajes, sombreros, vinos, cerveza, brandy, lámparas de vidrio, cafeteras, cerámicas, papel, cigarrillos, así como también ropa, zapatos y otros artículos personales que se importaban desde Europa y Estados Unidos.

La luna de miel de los recientes casados pasó de prisa. Alba nunca se había divertido tanto ni comprado tantas cosas en su vida como entonces. Compró cosas para ella y regalos para sus hermanas y su madre: chales, sombreros, zapatos, guantes y hasta revistas de figurines para confeccionar vestuario y telas para este fin, así como también algunos enseres para abastecer su nueva casa, aunque habían recibido muchos regalos por su boda.

Javier no compró mucho, ya tendría oportunidad de hacerlo, pensó. Estaba preocupado por sus negocios y no veía la hora de volver a Las Termas. Alba estaba en las nubes de pura alegría, desbordaba juventud y belleza. Javier la presentó a sus amigos americanos y alemanes, y éstos a sus respectivas esposas. Por las tardes las mujeres se reunían en las casas de alguna de ellas para tomar café, té, bollos y pasteles de crema. Asistieron a alguna que otra fiesta celebrada en la casa de los comerciantes y animadas con fonógrafo. Alba bailaba con mucha gracia natural ya que tenía buen oído para la música, aunque lo que se le daba mejor eran el vals y el joropo. Nunca había bailado foxtrot hasta el día de su boda. Ya lo aprendería, así como también, con el tiempo, aprendería a amar a su esposo, como le había dicho su madre.

Era sábado 12 de febrero, último día de su luna de miel. Javier y Alba fueron a la bahía de Patanemo, una ensenada cercada por abundante vegetación y palmeras altas, con arena blanca de origen coralina. Un paraíso tropical donde solo se escuchaba la música de las olas, el trino de las aves y el graznido de las gaviotas al revolotear en el mar en busca de peces para almorzar. Llevaron una cesta con pasteles y frutas para merendar y pasar solos ese día. Alba llevaba un traje de baño compuesto de una camiseta y un pantalón ceñido a media pierna, cubierto por una pequeña falda y un sombrero para cubrirse del sol. Javier llevaba un traje de baño de dos piezas: camiseta y pantalón ceñido hasta la rodilla, y sombrero panamá para protegerse de los rayos del sol también.

Él la tomó de la mano y juntos se bañaron en el mar, no por mucho tiempo ya que volvieron a la arena para merendar sobre toallas húmedas y bajo una enorme sombrilla que habían traído. Después de la merienda se quedaron en silencio. Alba se puso a jugar con la arena, dejándola pasar a través de sus dedos de manos y pies, observando el océano de diferentes tonos de verde, turquesa y azul, mientras una suave brisa salina besaba sus mejillas. Como siempre, en sus ojos se reflejaba el color turquesa del océano, aunque ella no estuviera consciente de eso.

Un poco más lejos, cerca del mar, Javier se sentó en una piedra y se puso a leer los periódicos y revistas que había traído. No habló con ella, ni siquiera lo intentó. De hecho, parecía como si no le importara si ella estaba o no allí, aunque se veía bastante contento consigo mismo. Por el contrario, Alba tuvo la sensación de estar muy sola, cerca de él pero con un abismo entre ambos que los separaba.

Cada uno se había apertrechado de materiales de lectura de individual interés, así como también estaban inmersos en sus propios pensamientos privados. Ella sacó las revistas de moda que había traído para hojearlas y leyó los primeros versos de "Vuelta a la Patria" de Juan Antonio Pérez Bonalde, libro que compró en el puerto.

"Ese cielo, ese mar, esos cocales, ese monte que dora el sol de las regiones tropicales…
¡Luz, luz, al fin! Los reconozco ahora: son ellos, son los mismos de mi infancia…
Y esas playas que al sol del mediodía brillan a la distancia…
¡Oh inefable alegría, las riberas de la Patria mía!"

A pesar de que todo a su alrededor era hermoso, al poder palpar lo que los versos describían, Alba no sentía esa "inefable alegría". Su infancia había llegado a su término, eso estaba claro, de lo que no estaba segura era cuál sería su futuro de ahora en adelante. Tal vez ella algún día compartiría sus pensamientos con él. Alba vio entonces que sus vidas no tenían nada en común. Tal vez en adelante sería siempre así, cada uno por su lado, o tal vez no. Entonces sus ojos se llenaron de lágrimas y al voltear, Javier le preguntó qué le pasaba. Alba solo le respondió que la brisa le había cubierto los ojos de arena y por eso lagrimearon.

Una dulce mentira, pensó él.

Capítulo 8

El 18 de noviembre del mismo año en que se casaron, después de un trabajo de parto relativamente corto, Alba dio a luz una rolliza, saludable y bien formada bebé, su primera hija a quien llamó Alicia. La vida era placentera, ya que sus hermanas cargaban a la niña como a un objeto precioso y se disputaban quién la bañaría o vestiría. Ileana por su parte estaba por las nubes, encantada de tener a su primera nietecita en los brazos.

Sin embargo, no todas las hermanas colaboraban con Alba, puesto que Inma la mayor parte del tiempo se lo pasaba viajando a Puerto Cabello. Se había inscripto en un curso de costura en el puerto, para poder ir allí tres veces por semanas y ver a su enamorado, el joven alemán que había conocido en la boda de su hermana. No obstante, al saber que iba a dar a luz, fue ella quien le tejió una mantita, escarpines y gorritos, así como también bordó las sábanas para la cuna de Alicia, con hermosos motivos de flores diminutas.

Inma estaba completamente inmersa en el romance que mantenía con Walter Heslin, que duró poco más de un año, ya que el joven tuvo que regresar a su país reclutado para luchar en el frente durante la Primera Guerra Mundial. Se escribieron durante un tiempo, pero al cabo de un año más o menos dejó de recibir sus cartas, por lo que no supo más de él. Nunca volvió a enamorarse: durante toda su vida su corazón solo le pertenecería a Walter.

Como un ritual dedicado a su desaparecido amante, el primer domingo de cada mes Inmaculada viajaba a Puerto Cabello como una peregrinación al santuario de sus amores. Era el lugar donde su espíritu se refrescaba con los dulces recuerdos del pasado. En el camposanto había hecho una pequeña tumba, casi imperceptible, donde dormía el sueño eterno de su hombre ausente. Allí había enterrado un cofre con una medalla de la virgen enjaezada en un pendiente y atada a una cadena de oro que Walter le había regalado como símbolo de la unión entre los dos. Era como un huerto perdido al pie de la montaña, rodeado de soledad, flores y silencio. Allí mismo había sembrado flores silvestres en una especie de jardín en miniatura, las cuales recibían la humedad del rocío de la mañana en tiempos de sequía, así como también las regaba la lluvia en invierno. Cuando Inma venía, quitaba cuidadosamente las hierbas silvestres que crecían alrededor.

Para ese entonces Alba volvió a estar embarazada y se encontraba delicada de salud ya que tenía un embarazo difícil, así que Javier la llevó a Caracas para que la viera un especialista. Aprovechando su visita a la capital se puso en contacto con un amigo de juventud, Juan Carlos Politerra, quien le comentó que aún estaba acudiendo a las tertulias donde se habían conocido tiempo atrás, cuando ambos vivían en la capital. Acordaron verse en el hotel El Sol esa noche, ya que se había anunciado que asistiría un ponente que daría una charla sobre el movimiento marxista. Se llamaba Gerardo Machado Morales, quien aun siendo muy joven, con solo dieciséis años se había consagrado como orador de orden al pronunciarse en contra del gobierno de Gómez, con tan mala suerte que fue capturado y llevado preso a la cárcel por esta razón.

Politerra también acababa de salir de la cárcel acusado por haber incitado, supuestamente, a un levantamiento contra al régimen. Pese a que trabajaba para el gobierno durante la presidencia del General Gómez, Politerra era un severo crítico de la dictadura represiva con la que gobernaba. Había sido nombrado director de *El Telégrafo*, un periódico con tendencia opositora al régimen, cuya orientación seguía una corriente contraria a las potencias centrales de la Primera Guerra Mundial, en oposición al Presidente Gómez quien simpatizaba con el imperio alemán.

A principios de 1917, *El Telégrafo* había publicado un artículo en apoyo a la actuación del frente aliado durante la Primera Guerra Mundial, y las consecuencias le habían resultado nefastas: el Gobierno allanó la sede de la Imprenta Americana en el Estado Zulia y ordenó la clausura del periódico en agosto de ese mismo año. Politerra fue llevado temporalmente a la cárcel y se ordenó el cierre del diario, cuya circulación se había mantenido de forma continua por 38 años. Una vez en libertad, el periodista se trasladó a Caracas debido a su desacuerdo con la política que el nuevo gobernador del estado Zulia estableció contra la oposición.

La situación en la capital era difícil, ya que los gendarmes del Presidente estaban por todas partes, ubicando a los periódicos, revistas e imprentas que producían propaganda en contra del gobierno para clausurarlos y poner presos a sus dueños, así como también a los redactores y colaboradores que trabajaban en ellos. Cuando había toque de queda en Caracas y sus alrededores, se llevaban detenidas a cuantas personas se encontrasen en las calles. La mayoría del tiempo ni siquiera les preguntaban qué estaban haciendo. Muchos de ellos eran padres, esposos, hijos o hermanos a quienes se les había hecho tarde después del trabajo, o que iban a hacer algún recado como conseguir una medicina que necesitaba un familiar enfermo. Para evitar ser detenidos, aquellos que no podían llegar a tiempo a sus casas iban a algún hotel que los alojara por una noche a un precio modesto. En algunos de estos hoteles seguían reuniéndose algunas personas para asistir a las tertulias, la mayoría de las veces clandestinas, donde la entrada era controlada por los organizadores. Era lo único que se podía hacer en una ciudad dormida a altas horas de la noche, solamente vigilada por ojos al acecho de su próxima víctima.

Cuando Javier llegó al hotel El Sol junto con Alba, reservó una habitación para los dos y la dejó descansando mientras él bajaba al salón de reuniones para encontrarse con su amigo. Al llegar, Morales ya había comenzado su discurso. Javier se sentó al lado de Politerra disponiéndose a escuchar atentamente, junto a los otros presentes.

—Fui orador de orden representando a los estudiantes de Caracas durante el centenario de la Batalla de La Victoria en febrero de 1914 —expresaba Morales en esos momentos —y justo al terminar la presentación los esbirros del gomecismo me apresaron y me encerraron La Rotunda, al igual que muchos otros aquí presentes, y por desdicha, otros ausentes. No obstante —continuó— no me arrepiento de lo que viví allí, a pesar de que es el lugar más siniestro en el que jamás he estado en mi vida hasta ahora.

Todos los concurrentes empezaron a hablar al mismo tiempo, preguntándole y preguntándose por qué Morales se expresaba en esos términos, pero él hizo una señal con la mano para continuar su exposición.

—Fue allí, en la cárcel, que durante un año completo conocí y maduré mis primeros conceptos filosóficos y políticos sobre el marxismo, durante la preparación de la revolución rusa, que actualmente está en plena efervescencia, para derribar la monarquía explotadora zarista —y agregó entusiastamente —¡Juntos haremos más fuerza para derrocar a este gobierno nepótico y dictatorial que nos oprime y condena al sufrimiento, mientras los gobernantes se enriquecen a costa de la explotación de los menos favorecidos!

Morales juró ante todos los presentes que no desfallecería en su lucha contra la represión que gobernaba a su país:

— ¡Hermanos y compañeros, todos unidos formaremos una sola fuerza para acabar con la opresión y torturas en las cárceles del país a las que nos tiene sometidos este régimen! ¡Abajo el Tirano! ¡Viva la Patria Libre!

Todos los asistentes le aplaudieron, repitiendo al unísono las mismas frases en una fuerte ovación. Muchos le hicieron preguntas y seguidamente se ofrecieron refrigerios para los presentes.

Después de las despedidas de rigor Javier se retiró a la habitación que había reservado, porque al día siguiente tenía que ir con su esposa al hospital Dr. José María Vargas para que atendieran allí sus problemas de embarazo. Él permaneció en la capital algunos días más. Luego se organizó con unos primos de ella para que la tuvieran en su casa mientras se recuperaba y esperaba el parto, que tuvo lugar en ese hospital de Caracas el 10 de diciembre de ese mismo año. Su segunda hija, Aimara, al nacer fue una bebita hermosa, saludable y rozagante, aunque muy pequeñita.

A pesar de que el país vivía en esos momentos una prosperidad estable, la Primera Guerra Mundial había paralizado la economía como resultado de los conflictos bélicos y de los bloqueos comerciales entre las naciones en pugna. Las rentas aduaneras eran las que se veían más afectadas, aunque el auge del petróleo permitía mantener e incluso aumentar el flujo de las exportaciones. Para contrarrestar aquellos efectos, inmediatamente al término de la Guerra en 1918 el gobierno aplicó políticas nacionales proteccionistas, que al contrario de lo que se pretendía, obstaculizaron la recuperación del flujo de comercio internacional. Las dificultades para importar agudizaron la situación de desabastecimiento del mercado regional, con el consecuente aumento de los precios. Resultando en que muchas casas comerciales extranjeras tuvieron que cerrar sus puertas.

En Venezuela para ese entonces apenas se habían abierto los primeros pozos petroleros. Sin embargo, pronto las potencias se dieron cuenta de los cuantiosos recursos petrolíferos que existían en el país. La comunidad internacional y en especial los Estados Unidos, reconocieron que Venezuela ya figuraba en los mapas mundiales del petróleo. Más aún, que como consecuencia de la Primera Guerra mundial no sólo se incrementaría su demanda sino también la rivalidad entre las potencias por su control. Todos estos factores no dejaban de afectar a los negocios de Javier, en particular la importación de productos ultramarinos, que dependía en alto grado del mercado internacional. E incluso su empresa de transportes se vio afectada, a esas alturas ya en manos operativas de su sobrino Ignacio, la cual se veía perjudicada por una menor necesidad de transportes internos de mercancías.

El 15 de octubre del mismo año en que finalizó la Guerra Mundial Alba dio a luz un varón al que llamaron Santiago. Lamentablemente, el niño murió de neumonía unos meses después a causa de la gripe española, que había irrumpido en el país en ese mismo año.

Los primeros cuarenta enfermos de la grave epidemia fueron atendidos en la Guarnición Militar de La Guaira, pero muy pronto, en octubre del mismo año, ya había alrededor de 500 contagiados con la gripe en ese mismo puerto. La pandemia se expandió hacia Caracas volviéndose prácticamente incontrolable por las autoridades sanitarias y el gobierno. Gómez, desde la ciudad de Maracay donde tenía su residencia, ordenó iniciar medidas de fumigación y control sanitario desde el Complejo

Hospitalario El Algodonal en Antímano, Caracas, sede del Ministerio de Salud para entonces. El 26 de octubre la enfermedad llegó a Puerto Cabello y desde ahí se extendió al resto del país, pasando primero por Las Termas, que era el pueblo más cercano al puerto, y dejando estragos a su paso. Esta pandemia dejó cerca de 1.500 fallecidos en Caracas y cerca de 25.000 en el resto del país. Las medidas para contrarrestar la enfermedad le costaron más de un millón de bolívares al Estado.

El petróleo se había convertido en la principal actividad económica del país a expensas del sacrificio del sector agrícola, lo que provocó un gran éxodo de trabajadores del campo hacia el nuevo sector industrial petrolero, donde además se consolidaba la aparición de una élite que sacó provecho de las ventajas otorgadas por las compañías petroleras. Debido al incremento de la producción -y a los crecientes ingresos que ésta proporcionaba al gobierno- se produjo una dislocación de la economía tradicional. Comenzaron a descender las exportaciones de productos tradicionales y algunos de ellos desaparecieron del renglón de los productos exportados, lo que ocasionó que a partir de entonces Venezuela dejara de ser un país agropecuario y se transformara en un país esencialmente minero, ya que el petróleo pasó a ser el factor determinante de la prosperidad económica.

Más allá de estos cambios traumáticos, la creciente explotación del petróleo colocó al país en un auge económico sin precedentes, produciendo recursos que el propio Presidente Juan Vicente Gómez comenzó a manejar a su antojo. Uno de los elementos que contribuyó al mantenimiento de su dictadura fue el apoyo que recibió del capital extranjero, en especial de las compañías petroleras de los Estados Unidos, a quienes el Dictador otorgó un sinnúmero de concesiones para la exploración y la explotación del valioso recurso. Las compañías petroleras comenzaron a tener, desde entonces, una desmedida influencia en la vida nacional. Por medio de sobornos, donaciones, subsidios, comisiones, sueldos complementarios y otros medios de corrupción administrativa, las transnacionales pudieron disponer de una numerosa clientela formada por familiares y allegados del Dictador. Así como también involucraban a ministros, presidentes de los estados, administradores de aduanas, jefes civiles y demás funcionarios, a través de los cuales burlaban descaradamente el cumplimiento de las obligaciones legales.

En medio de este cuadro, la familia de Javier y Alba mantenía un crecimiento estable, ya que su cuarto hijo Gerardo nació en agosto de 1920. Dos años después, en febrero de 1922, nació la pequeña Idara, quien llegó al mundo con una discapacidad física y mental, debido a que Alba había enfermado de rubeola durante su embarazo. El nacimiento de Idara fue un golpe duro para Javier, quien no asimilaba la idea de tener una hija que sufriera de una incapacidad severa. La corta vida de la niña duró un poco menos de tres años.

Javier viajaba constantemente a Valencia y Caracas por lo que casi no estaba en Las Termas durante la semana. Debido a esta situación Alba decidió contratar a dos jóvenes niñeras para que la ayudaran a cuidar los hijos, puesto que su madre, de avanzada edad para entonces, poco podía ayudarla con los niños.

Una tarde, Josefa, la cocinera, le dijo a Alba que dos primas suyas originarias de Barlovento habían perdido a su madre recientemente, y no querían seguir viviendo con su padre porque éste se dedicaba a hacer "trabajos de santería". Las dos, aún muy jóvenes, de 15 y 17 años, querían emplearse y estaban dispuestas a trabajar aunque fuera lejos de su pueblo.

Candelaria y Coromoto llegaron a Las Termas a finales de agosto, en pleno invierno. Eran dos morenas de pelo liso y ojos inteligentes, oscuros y grandes. Contaron a Alba que su madre era india nativa y su padre descendiente de los esclavos negros que vinieron de Angola durante la colonización del continente. Coromoto, la menor, fue empleada como ayudante en los trabajos de la casa, y Candelaria como niñera. Eran muy trabajadoras y aprendían rápidamente. Estaban muy agradecidas de que una familia de bien las hubiera acogido.

Candelaria sabía cantar canciones de cuna que su madre le había enseñado, así como contar leyendas aborígenes. De su padre había aprendido las historias fantásticas de la mitología africana, y como también tenía el don de la oratoria, todos escuchaban con mucha atención y hasta credulidad los cuentos que ella les echaba. Desde el primer día en que llegó a la casa de los Olavide, le había confiado a Alba su creencia de que desde la más remota antigüedad, los indígenas guaraúnos conocían "el mal de ojo" que llamaban "joa". Para ellos, aquellas personas que tenían "la mirada maliciosa" podían secar las ubres de las vacas, parar el motor de una lancha en pleno mar y destruir cosechas enteras con solo echarles un vistazo. Por lo que los niños, aseguraba la joven, eran los más propensos a ser dañados con el "mal de ojo".

Ante el asombro de Alba, que de inmediato pensó en sus dos hijos muertos, Candelaria continuó con su explicación:

—El "joarotu" o mago negro sabe lanzar el mal de ojo, pero también es capaz de acabar con los efectos del maleficio. —insistió —Por esta razón, los niños al nacer tienen que llevar una pieza de azabache atada a una pequeña cuerda o cadena como pulsera, para protegerlos con mayor eficiencia.

Fue por esto que Alba, casi rogándole le pidió a su primo segundo Gustavo Weil que fuera a Valencia, para que le trajera una pulsera con azabache para cada uno de sus pequeños hijos. Gustavo no creía mucho en eso, pero como su prima se lo pidió con tanto ahínco, accedió.

De esta forma Candelaria pronto se ganó la confianza de todos en la familia, con la excepción de Inma que no creía en esas cosas como buena católica que era. Ileana tampoco creía mucho en los cuentos de la niñera, pero no se oponía a los deseos y decisiones de su hija, ya que comprendía el dolor que ella había soportado cuando Idara y Salvador murieron.

Se hizo costumbre de que cada noche Candelaria les contara historias a los niños, junto a otras personas de la casa y sobre todo las mujeres, que escuchaban con atención. Una noche les contó el origen de la canción *"Duérmete niño, duérmete ya, porque si no, viene el coco y te llevará"*.

—Se decía que cuando alguien veía en la sabana una bola de fuego —contaba —era porque el Diablo andaba suelto, y había lanzado su 'bola de fuego' para demostrar que estábamos bajo su poder, y de esta forma no nos salvaríamos de una tragedia inminente. Si a los niños se les amenazaba con la aparición del 'coco', que se decía era Satanás, la única arma que lo podía alejar era un crucifijo.

En ese momento, Josefa la cocinera intervino con su propio recuerdo.

—Hace muchos años, una noche muy oscura en mi pueblo, Higuerote, vimos una bola de fuego, pero no era una bola en llamas, sino de un azul brillante e incandescente que flotaba sobre el campo húmedo bajo el cielo estrellado sin luna. Estaba yo junto con mi hermano y mis padres, y con algunos vecinos. Los niños que lo vimos empezamos a llorar de miedo, pero mi papá nos calmó diciendo que no era nada malo. Entramos en la casa con mi madre, así como los otros niños se fueron a sus casas también, acompañados de las madres y otras mujeres de la familia.

Los presentes le auparon para que continuara, y ella prosiguió:

—Mi papá, junto con otros hombres del pueblo fueron acercándosele lentamente, llevando consigo machetes, palas y otras herramientas que tenían a la mano, pero la bola se retiraba a medida que ellos avanzaban. Así fueron siguiéndola por un buen rato, hasta que los que nos quedamos en la aldea no los vimos más. Persuadidos por la intriga, los hombres siguieron adelante por el camino que conducía a la salida del pueblo. Atravesaron andando el río de aguas bajas, avanzando aún más hacia las faldas de la montaña, siempre con la mirada fija en la bola luminosa, que seguía flotando a la altura de sus ojos delante de ellos. Había un silencio sepulcral, ni los aguaitacaminos se veían o escuchaban en la oscura noche. De pronto solo se oyó el ulular de un búho en la distancia. Al llegar donde se encontraba una ceiba muy frondosa, alta y antigua, la bola azul desapareció, fue como si la tierra se la hubiera tragado o simplemente se apagó y desapareció".

En ese momento del relato la joven hizo silencio. Luego, como si el rostro se le iluminara por efecto de sus pensamientos, continuó:

—Todos los que estaban con mi padre, así como él mismo, lanzaron gritos, aullidos, suspiros, alaridos y todas las reacciones que una persona puede demostrar cuando tiene miedo o terror. Mi padre haciendo de tripas corazón, pensando en Satanás, las ánimas del Purgatorio y todo lo sobrenatural que le vino a la cabeza, como impulsado por una fuerza superior empezó a cavar al pie del árbol, al mismo tiempo que alentaba a los otros. Como reacción en cadena, todos empezaron a cavar con vehemencia. Cuál no sería su sorpresa cuando encontraron dos ataúdes casi destruidos, a ambos lados del árbol. En uno había una calavera que aún conservaba su pelo, con una peineta recogiendo un moño a la altura de la nuca, era una mujer. En el otro ataúd había una calavera de mayor tamaño, pero sin pelo, parecía un hombre anciano. La ropa de ambos estaba hecha jirones. Lo que acababan de encontrar era algo extraordinario, porque no había lápidas con los nombres de las personas ni nada. Aun asi los hombres siguieron excavando. Al cabo de un rato, cuál no sería su sorpresa al ver dos latas de aceite para cocinar, ya oxidadas, enterradas entre los dos ataúdes. Las latas se desintegraron al darle algunos golpes, saliendo de ellas unas monedas enlodadas. ¡Eran morocotas de oro! A partir de allí el pueblo vivió un tiempo de algarabía y bonanza, ya que el 'botín' se repartió entre las familias de la aldea. Sin embargo, la alegría no duro mucho tiempo. Los hombres empezaron a holgazanear. Se reunían en un bar que uno de ellos había comprado para beber aguardiente, jugar dominó y a las cartas. Así fueron pasando los días y los meses. Ya no querían cultivar la tierra, salir a pescar ni criar a los animales que les daban el sustento. Las mujeres se encargaban de los hijos y de algunos animales que podían mantener en sus solares. Muy pronto se corrió la voz del hallazgo de las morocotas en los pueblos aledaños, y como consecuencia vinieron forasteros que también querían encontrar monedas de oro enterradas. Se empezaron a hacer excavaciones en casi todas partes donde había árboles grandes. Desafortunadamente, a pesar de todo el esfuerzo que hicieron, no consiguieron nada más. Al final, los pobladores perdieron sus fortunas apostando a las cartas y otros juegos de azar. Más aún, con el pasar del tiempo, los habitantes de la aldea siguieron siendo tan pobres como antes del afortunado encuentro.

"¡Ah! ¡Yo sé!", saltó diciendo uno de los concurrentes, levantando la mano como pidiendo permiso para hablar. Era un vecino que trabajaba como jardinero en el pueblo. Cuando se supo que contaban historias en los corredores externos de la casa de Don Javier, de vez en cuando venían algunas personas conocidas, por las noches, invitadas por Coromoto. Por unos instantes, los presentes hicieron silencio al unísono, por lo que el jardinero continuó:

"A mí me contaron que los piratas, cuando eran atrapados y les quemaban sus barcos, enterraban a sus familiares y otros seres queridos junto con el botín para que sus almas lo cuidaran hasta que ellos pudieran regresar para desenterrarlo. La bola de luz azul es el alma de los difuntos que estaban allí. Por esa razón, es que no ponían lápidas con inscripciones ni tumbas, para que nadie supiera donde estaba su tesoro".

Al finalizar su exposición, todos los presentes le aplaudieron al invitado.

Así concluyó su historia esa noche Josefa la cocinera, con la intervención del vecino.

Entretanto, Inma veía pasar el tiempo y Walter, a pesar de que la guerra en Europa había terminado hacía más de dos años no había vuelto a escribirle. Fue entonces cuando, uno de esos domingos, en una fresca mañana de verano, tomó como de costumbre el tren que la llevaría a Puerto Cabello. Se bajó y cruzó la plaza vacía. El viento llevaba y traía las campanadas de la iglesia, alentando al sol del amanecer que se asomaba sobre el brumoso mar. A pesar de la languidez que la invadía a medida que el sol rompía las nubes y la bruma iba desapareciendo, al respirar el aire tibio cargado de salitre empezó a sentir el desbordamiento de alegría que presentaba el paisaje. A medida que se acercaba a la playa iba haciendo más calor. Inma apuró el paso para luego sentarse sobre una piedra que sobresalía entre el oleaje, un poco fatigada.

De repente, el sol empezó a adquirir mayor fuerza. El mar se fue alargando hasta perderse en la línea del horizonte. Podía ver algunas embarcaciones, unas grandes, que transportaban mercancía, esperando su turno para descargar y otras más pequeñas dispersadas en el océano, bailando al ritmo del movimiento marítimo, así también como al ritmo de sus pensamientos que le traían los recuerdos de sus amores. Le llegaban como olas que venían con fuerza, para luego retirar despacio las imágenes de aquellos momentos que su amado y ella pasaron juntos, los dos sin pensar ni formar ideas, fundiendo cada uno su propio espíritu con el espíritu que late en el inmenso mar.

¡Había pasado tanto tiempo! Quizás era lo que a Inma más le dolía. No supo nada más de Walter. No hubo más cartas ni noticias, ni nada. Para ella su futuro era una seca y triste vejez. No tenía alma, corazón ni fuerzas para volver a enamorarse. El amanecer y el crepúsculo se harían ver, el sol brillaría y la luna iluminaría en las mismas noches estrelladas. Su vida habría pasado como la espuma del mar que brilló en un momento bajo el cielo azul. La inmensidad del océano, la playa solitaria y triste con su brisa de marisma la envolvió en una vaga sensación de melancolía al predecir su decadencia. Al cabo de un tiempo, ya no quiso volver al puerto.

Una de esas veces en que viajaba a Caracas para despejar su mente después del nacimiento de Idara y al mismo tiempo para resolver algunos asuntos de sus negocios, Javier se reencontró con su viejo amigo Politerra, quien acababa de salir de la temible cárcel La Rotunda donde lo habían encerrado una vez más desde 1919 hasta 1922, acusándolo de su presunta participación en una conspiración contra el dictador Juan Vicente Gómez. Su amigo lo invitó, como de costumbre a la tertulia que se realizaría en el hotel El Sol esa misma tarde.

Cuando Javier llegó a la reunión, Politerra estaba hablando a los asistentes sobre los tratos que se sufrían cuando una persona era llevada a las temibles cárceles de La Rotunda en Caracas o El Castillo del Libertador en Puerto Cabello.

—No todos los detenidos que llevan los esbirros del General son presos políticos. —aseguraba —A muchos se les encarcela por odios o venganzas personales. Algunos van a la cárcel porque es necesario hacer algo, demostrar que quienes mandan son ellos, los Gómez. Este es un estado de represión y nepotismo, como pueden ver claramente. En sus asquerosas cárceles vejan, torturan y maltratan a ciudadanos que ellos dicen ser anarquistas.

Algunos asistentes le aplaudieron. Politerra, levantando la mano derecha, continuó:

—Durante las primeras noches allí, en esas celdas sucias y sobre tablas llenas de chinches como cama, era imposible dormir. Aunado con el frío y la humedad, sufríamos el dolor punzante de los grillos atados a los pies. Había un sinfín de insectos de toda índole rondando por la celda. El aire era irrespirable y el hambre nos hacía doler el estómago, por miedo de comer algo que nos fuera a envenenar. La suciedad se manifestaba en todas sus facetas y con todos sus dolores. No obstante, el peor suplicios de todos era el insomnio, lleno de angustias e impotencia. Tanto la salud física como la moral se te caen al más profundo pozo sin salida. Esto y mucho más es lo que he vivido mientras fui prisionero del régimen. Es por eso que no desfalleceré en mi lucha contra la dictadura del déspota. ¡Todos unidos tendremos que seguir luchando para sacar la escoria que nos mantiene en este estado de represión!

Concluyó su arenga y al ver a Javier bajó de la tarima donde estaba y se acercó a él, dándole un fuerte abrazo de bienvenida a la tertulia. Javier por su parte lo invitó a sentarse junto a él, donde continuaron charlando por el resto de la velada. En esos años Politerra había fortalecido sus sentimientos de oposición al régimen. También recuperó la férrea idea de reabrir la imprenta donde se editaba el periódico que lo había llevado a la cárcel, y confió a su amigo su deseo de colaborar junto con otras personas en una nueva conspiración contra el gobierno. Pero en esta ocasión no sólo insistió para que Javier se uniera, sino que le explicó que en ello podía encontrar también una fuente de mejorar sus ingresos: un negocio tan rentable -aseguró- que ya no tendría que trabajar más en su vida.

—Mira Javier —le dijo —tú ya tienes una compañía de importación, así como también buenos contactos en Europa. Solo te pido que colabores con nosotros trayendo armas para la conspiración. He contactado con el General Hilarión Montenegro, quien trabaja en la administración pública, pero está dispuesto a jugárselo todo para derrocar este gobierno de nepotismo que tenemos. El pago es excelente, con lo cual podrás consolidar tu posición económica.

Javier, quien ya había entrevisto las enormes posibilidades de ganancia que implicaba el tráfico de armas para cualquiera de los bandos enfrentados, pero también comprendía el gran riesgo que significaba, dudó.

—Para serte sincero —respondió —la idea de la imprenta me parece muy buena. Sin embargo, lo de las armas tendré que pensarlo bien. Sabes que tengo familia y no solo eso, tengo otros asuntos que atender. Además, por lo que veo ya has estado encerrado dos veces y por eso tienes que andarte con mucho cuidado. Te lo digo francamente, como amigo. Por otra parte, es bien sabido que el gobierno del "Benemérito" es opresivo, pero de alguna manera a mí me reporta ganancias con el negocio de los camiones. Esto de las armas lo veo muy peligroso, la verdad.

No obstante y a pesar de su indecisión, Javier no podía dejar de pensar en la fortuna que podía significar para él utilizar su infraestructura, de la cual nadie podía sospechar, para comprar armas en Europa y trasladarlas al país con el objetivo de revenderlas, lo que le reportaría grandes beneficios. Al final decidió arriesgarse y entrar en el negocio sin darle más vueltas a la cabeza.

Aunque nada sucedió de inmediato. Al contrario, un tiempo después de haber reiniciado su tarea opositora, especialmente con las publicaciones de su imprenta, su amigo Politerra comenzó a ser nuevamente sospechoso para los informantes del Gobierno y tomó la decisión de refugiarse en los Estados Unidos. A bordo del barco que lo llevó a Nueva York conoció a la mujer con quien se casaría ese mismo año, meses después. Pero incluso radicado allí, las presiones de la embajada venezolana lo pusieron en peligro, así que en 1923 se mudó a Montreal. Allí trabajó en una compañía de seguros por un tiempo. Más adelante sobrevivió dando clases de español en la universidad, mientras seguía escribiendo libros y colaborando con varios periódicos latinoamericanos, desde donde continuó con su persistente campaña contra Gómez.

En ese año, una compañía de circo radicada en México informó que realizaría una larga gira por países sudamericanos, eligiendo a Venezuela como su primer destino. Aún teniendo en cuenta su notable prosperidad, en el país no existía entonces una industria de entretenimiento sólida, lo que convertía a iniciativas de este tipo en un verdadero atractivo masivo para la población. Argumentando que la presencia de los artistas ambulantes sería muy bien recibida por la población, el general Montenegro sugirió al gobierno aprobar su visita e incluso facilitar su movimiento por todo el territorio.

Lo que ignoraba el Gobierno, pero no así Montenegro que en secreto conspiraba contra Gómez, era que la compañía circense no era más que una tapadera que ocultaba un vasto plan para diseminar armas que fortalecerían a los numerosos grupos opositores que pululaban ya por el país. En combinación con los conspiradores, Politerra puso a Javier en contacto con Montenegro, advirtiéndole que era el momento propicio para desplegar su actuación en relación a la importación clandestina de las armas necesarias.

Después de vencer sus últimas dudas, Javier accedió y organizó el encargo. Utilizando sus contactos comerciales de manera oculta, consiguió que las armas fueran compradas en España y despachadas directamente al puerto de La Guaira, las cuales iban escondidas en los cajones de mercaderías que importaba para su negocio de ultramarinos. Allí se las entregaría a los trabajadores del circo, quienes habían recibido instrucciones del General Montenegro para diseminarlas durante su recorrido por las ciudades donde iban a trabajar. En todos los sitios donde hubiera grupos opositores organizados, las mantendrían ocultas en centros de acopio donde los grupos guerrilleros acudirían para recogerlas. Todo estaba organizado a nivel paramilitar, para sumarse cuando fuera el momento a los sectores del ejército dispuestos a cometer el golpe a nivel nacional.

Por desgracia algo falló: cuando atracaron en La Guaira y pretendían desembarcar, los integrantes de la compañía fueron encarcelados por funcionarios del régimen. Según se dio a conocer, el gobierno había podido descubrir que no se trataba de simples artistas, sino de agentes encubiertos del gobierno mexicano, con quien Gómez se hallaba en malas relaciones debido al apoyo que Venezuela había brindado a los alemanes y sus aliados durante la Primera Guerra Mundial.

La acción tuvo complejas consecuencias diplomáticas, tanto que llevó a la ruptura formal de relaciones entre ambos países. Aunque después de largas negociaciones, así como también el pago de una cuantiosa suma por parte de México, los integrantes del circo fueron puestos en libertad y deportados a su país de origen sin más percances.

Por fortuna, Javier no fue descubierto, ya que Montenegro le avisó a tiempo del fracaso de la conspiración. Pero las armas ya estaban en el país, dispuestas para ser entregadas a la compañía de circo, escondidas en un depósito en el puerto donde él guardaba los artículos que no se podían despachar inmediatamente. Sin embargo, como ya había cobrado su dinero por ellas, pensó que al final no había resultado una pérdida total, ya que en algún momento podría revenderlas cuando se diera la oportunidad. Pero fue cuando se dio cuenta también, de que aunque el tráfico de armas podría hacerlo poseedor de una fortuna nunca antes pensada, su destino había quedado desde ese momento unido a los conspiradores y oponentes del gobierno.

Para colmo de males, el 30 de junio de ese mismo año, Juan Crisóstomo Gómez, hermano del dictador y quien era primer vicepresidente, fue hallado muerto de 27 puñaladas en su habitación del Palacio de Miraflores. Fue un hecho insólito que nadie esperaba y el Presidente acusó enseguida a la oposición de ser culpable del crimen. Las investigaciones no llegaron a resultados concretos y las hipótesis y versiones sobre la veracidad del brutal hecho nunca se dilucidaron, pero se acusó como autor material a Isidro Barrientos, un capitán de la guardia del Palacio, quien fue llevado a la prisión de La Rotunda y luego ejecutado. Indudablemente, la tensión entre gobernantes y opositores se agravaba día a día, y esto no era una buena noticia para Javier, que para entonces tenía a su esposa embarazada de nuevo y tenía que andarse con mucho más cuidado de ahora en adelante.

Al año siguiente, en marzo de 1924, nació Carmela su sexta hija, que trajo alegría y nuevas esperanzas a la familia de Don Javier. La situación en la capital se hacía cada vez más preocupante. Habían allanado algunos hoteles y salas de reuniones donde tenían lugar las tertulias. A oídos del gobierno había llegado mucha información sobre las personas que conspiraban y fraguaban atentados políticos, aunque algunos de éstos se habían ido del país para evitar más confrontamientos y amenazas, como su amigo Politerra. Con extremada prudencia, Javier decidió entonces que se retiraría de las tertulias y cesaría por completo de pronunciar todo atisbo de oposición contra el gobierno.

Sin embargo, la frustrada entrega de las armas a los conspiradores del circo ya había ocurrido, las armas estaban aún ocultas en su depósito del puerto. De pronto le vino a la mente algo que él mismo bien sabía: las delaciones son moneda común en este tipo de acontecimientos.

Durante todo el año de 1924, Don Javier estuvo dedicado a su familia. Los fines de semana llevaba a Alba con los niños a la playa de Patanemo o a Puerto Cabello para pasar el día, comer o tomar helados a orilla del paseo marítimo. Otras veces la familia iba a bañarse en las piscinas de Las Termas, donde celebraban el cumpleaños de sus hijos junto con otras familias del pueblo y se divertían muchísimo. No obstante, Javier arrastraba el lastre de una preocupación muy grande por haber estado involucrado en la compra de las armas, que todavía permanecían en sus depósitos de La Guaira. Y para colmo, a esas alturas aún no había podido encontrar la manera de quitárselas de encima sin ser descubierto, ya que también había perdido contacto con muchos de los involucrados en el abortado intento de golpe. Estos pensamientos lo atormentaban. Había comprendido que su actividad podía llegar a alterar gravemente la seguridad de su familia, así que comenzó a pensar seriamente qué hacer para proteger a sus seres queridos y a sus negocios.

Capítulo 9

Aunque muy preocupado por la situación delicada en la que había quedado tras fracasar la entrega de las armas que estaban destinadas a ser distribuidas por los revolucionarios infiltrados en el circo ambulante mexicano, Javier no dejaba de admirar el coraje y valentía que muchos de sus compatriotas demostraban en el empeño de derrocar a un gobierno despótico y corrupto. Tanto el Benemérito como sus familiares, amigos y allegados cada vez se hacían más ricos, amasando una gran fortuna como nunca antes se había visto en el país debido al auge de la producción petrolera, que para el año 1925 ya había desplazado al café como principal producto de exportación. Cada día el Dictador se afincaba más en el gobierno, asegurándose de que sus opositores y todos aquellos que les seguían y simpatizaban fueran sometidos y silenciados de una u otra forma.

El gobierno intentó una maniobra de pacificación decretando, en ese mismo año de 1925, una amnistía que permitió el regreso de más de 20.000 exiliados políticos. Siguiendo la misma línea de relajación de las medidas represivas, el Secretario General de la Presidencia desarrolló una política de humanización, declarando la libertad de los presos políticos y la clausura de la cárcel La Rotunda en Caracas. De esta forma, la búsqueda y acoso de los conspiradores por fin tuvo un paréntesis.

No obstante, y por otro lado, Javier tenía una constante preocupación por su bienestar y seguridad, la de sus negocios y la de su familia. Un buen día, dándole vueltas a la cabeza se le ocurrieron algunas ideas. De algún modo sabía que no solo tenía que dejar protegida a su mujer y sus hijos, sino incluso a la familia de Alba, que dependía fundamentalmente de sus propios ingresos.

Además, hacía ya algún tiempo que se estaba sintiendo cansado. Entre la tienda de importaciones, el bar, las otras propiedades que tenía en Valencia y Caracas, además de los depósitos en el puerto de La Guaira, se sentía abrumado. Como consecuencia, estos pensamientos le drenaban su energía. Tenía ganas de jubilarse y vivir una vida plena pero sin tanto trabajo.

Sin duda su sobrino Ignacio era la persona más adecuada para seguir al frente de los negocios, ya que él, al fin y al cabo, había administrado en aquellos años la flotilla de camiones sin problemas y con eficiencia. Asimismo le importaba asegurar un futuro prometedor al muchacho.

Volviendo a sus cavilaciones, recordó que Maira, la hermana mayor de su esposa, nunca se había casado. Pensó entonces que al casar a Maira con Ignacio encontraría la solución perfecta para que los negocios siguieran viento en popa, como hasta el momento. Aunque él desapareciera, se aseguraba así la prosperidad y continuidad del patrimonio familiar. Al incluir a Maira en una sociedad en la cual los beneficios fueran compartidos, el ingreso familiar quedaría en manos de su sobrino. Ésta podía ser la manera más efectiva de que todos quedasen protegidos.

Aunque muchos en el pueblo veían a la hermana mayor de las Rojas Woodberry como una persona de carácter bastante desagradable, terca y obstinada para algunos, así como también eternamente malhumorada, ella y su madre Ileana seguían siendo de algún modo las "cabezas de la familia". Tenía habilidad para administrar los recursos familiares, y siempre su aprobación en la toma de decisiones era necesaria. Poseía un temperamento práctico aunque vehemente, ya que se irritaba con facilidad cuando se le llevaba la contraria, al igual que cuando no se seguían sus instrucciones o los demás no estaban de acuerdo con sus opiniones.

En una tarde de verano, cuando la brisa aún era tibia, Javier le comunicó a Ignacio que lo quería ver en su despacho para hablarle de un asunto importante. Ignacio, intrigado, llegó un poco antes de la hora acordada, ya que era la primera vez que su tío lo citaba de una forma que le pareció bastante solemne. Cuando llegó, y después de los acostumbrados saludos, Javier sin más preámbulos le anunció que le iba a transferir sus empresas, pero con la sola condición de que se casara con Maira.

Ignacio sintió como si un balde de agua fría le acabara de caer de la cabeza a los pies. Por esta razón, lo que salió de sus labios fue:

—¿De dónde sacas esas ideas, tío? ¿Casarme yo con esa mapanare? ¡Ni lo pienses!

—Ya sé que Maira tiene un carácter fuerte, y que muchos le dicen "genio y figura hasta la sepultura", pero ese mismo carácter es lo que se necesita para ser una buena administradora. Estoy seguro de que cuando yo ya no esté aquí, ella podría ayudarte con la administración de mis negocios y propiedades. Además, toda la familia, directa e indirectamente se beneficiaría.

—¿Pero qué dices? ¿Cómo es eso de que "cuando ya no estés aquí"? ¿Acaso ha pasado algo? ¿Por qué quieres hacer eso, tío?

—No, aún no ha pasado nada, pero por si acaso…

Ignacio, sin comprender lo que su tío trataba de decirle y sin dejar que continuara, solo le respondió haciendo un ademán para marcharse:

—Lo pensaré, tío.

—¡Piénsalo bien! Pero no tardes mucho, mira que así como tomo decisiones de repente, las cambio con mucha frecuencia.

Ignacio se marchó sin decir nada más. Pasaron varios días en que evitó hablar con su tío. Pero sin embargo, después de mucho meditar la proposición, al final decidió aceptar. A finales de ese mismo año, el 16 de septiembre de 1925, Ignacio y Maira se casaron. La boda se celebró en la Catedral de Valencia, a la cual asistieron los familiares y amigos venidos de Las Termas, así como otras personas y clientes de Javier que vivían en la ciudad.

La novia estaba muy elegante, con un vestido de muselina blanca cubierto de una tela de tul verde-agua cristalino. Tenía mangas bombachas tres cuartos, que terminaban a la altura del codo con motivos de cintas blancas pasadas en la tela formando cuadros. El cuello circular tenía el mismo motivo de cintas blancas pasadas en la tela formando cuadros en contraste. El cinturón, de cinco o seis centímetros era de terciopelo verde, abrochado con una rosa de tela blanca. La falda le llegaba casi a la altura del tobillo, adornada con el mismo motivo de cintas blancas al borde del ruedo. Llevaba zapatos blancos con una pequeña hebilla en el centro, a juego con el bolso blanco de tela, y medias blancas. Aunque se veía hermosa con su atuendo, luciendo su pelo castaño corto y rizado, Maira no estaba radiante de felicidad, como sucede en esos casos.

Ignacio, por su parte, llevaba un traje verde oscuro hecho a la medida por el mismo sastre de Javier, en Valencia. Los zapatos eran negros de dos diferentes texturas, a la usanza americana, camisa blanca con yuntas de oro y corbata a tono con el atuendo. El nudo de la corbata estaba ajustado con un alfiler, también de oro, que terminaba en el extremo superior con una perla blanca. En apariencia los novios hacían una excelente pareja, aunque se veía con claridad que no lucían muy enamorados.

Mientras sonaba la Marcha Nupcial en el órgano de la Catedral, entró Maira acompañada de su primo Gustavo, con las niñas Alicia y Aimara delante, llevando cestas con flores que iban lanzando a cada lado de las hileras de bancos en la iglesia hacia los presentes. Gerardo, de cinco años, iba delante de las niñas llevando las alianzas en un pequeño cojín entre sus bracitos, con mucho orgullo. Cuando llegaron ante el altar, donde Ignacio esperaba, las niñas se quedaron de pie una a cada lado: Alicia junto a Javier, el padrino y Aimara junto a Inma, la madrina.

Después del consabido discurso por parte de Monseñor Grana-
dillo, el pequeño Gerardo extendió el cojín de seda entre la pareja para que cada uno entregase el anillo correspondiente al
otro, en el preciso momento en que se hacían los votos marita-
les guiados por el Obispo.

La recepción tuvo lugar en un hotel de Valencia y duró hasta
después de la medianoche. Los novios tuvieron su noche de bodas en el mismo hotel, pero al día siguiente fueron a Caracas
para luego viajar al balneario de Macuto, donde pasarían una
semana cerca del mar. Ignacio pensó que estando una semana
o dos alejado del trabajo y la familia pondría sus pensamientos
en orden, así como también encontraría la forma de decirle a
Maira los planes que tenía su tío para ellos.

Después de la boda y la luna de miel, Javier junto con su sobrino fueron a ver a su abogado, quien les redactó un documento por el cual el tío transfería todos sus negocios a Ignacio.
Seguidamente lo llevaron a la Notaria en Valencia, para legali-
zarlo. En cuanto a las casas de Las Termas, Valencia y Caracas,
quedaban directamente en manos de Alba, su esposa. Sin embargo todo esto se hizo de modo absolutamente privado, sin
confesarle aquellas decisiones a Maira ni siquiera a la propia
Alba, quien sin duda se preocuparía al darse cuenta de que si
su marido estaba disponiendo anticipadamente su herencia, era
porque algún temor serio debía de estar acosándolo.

Al año siguiente, en agosto de 1926, nació Miguel Ángel, el
séptimo hijo de Javier y Alba.

Maira, en cambio, no había tenido hijos después de su casamiento y ni siquiera había quedado embarazada, lo que comenzó a hacer su vida aún más amarga.

Sin poder disimular más y en el colmo de su desesperación, la mujer fue a ver a su madre para confesarle los celos que sentía por su hermana.

—¡Desde que se casó ha tenido ya siete hijos! ¡Y yo, que con tanto ahínco he querido tener al menos uno, no he podido ni siquiera quedar encinta! ¿Qué puedo hacer, mamá? —le dijo llorando, llevándose las manos al rostro para cubrir su pena.

Su madre la abrazó con cariño, pero Maira se separó de ella. De repente dejó de llorar y con la cara roja, descompuesta por sus pensamientos, continuó vertiendo su resentimiento:

—¡La odio! Su casa está siempre alegre, llena de risas y travesuras de niños que hacen más llevadera la vida. A pesar de sus enfermedades y algunas tristezas, el amor se respira en el ambiente. Los niños llenan todas las faltas y pesares de los adultos. Con sus ocurrencias, sonrisas y abrazos nunca te sientes sola. Los bautizos, primeras comuniones y cumpleaños son las fiestas más felices del pueblo. Pero yo solo soy la tía, la madrina de bautizos, en lugar de disfrutar también la alegría de ser madre —sollozó llenándosele de nuevo los ojos de lágrimas que corrían como cascadas por sus pómulos hasta sus erizados pechos, secos por falta de la maternidad tan anhelada.

Tal vez la ciencia sabría cómo ayudarla en estos casos, sugirió Ileana, preocupada por la actitud rencorosa que su hija mayor estaba demostrando hacia su propia hermana. Sabía que Maira siempre había sido una mujer muy especial, con una personalidad difícil y conflictiva. Por lo que nunca había logrado comprender el hecho de cómo había llegado a casarse con Ignacio, el sobrino preferido de su propio cuñado. Comprendía que para ella, que era mayor que él y no muy agraciada, había sido un gran logro conseguir un marido joven, apuesto y con un gran futuro económico gracias a la administración de los negocios de Javier. Pero no parecía igual para el muchacho, que podría haber aspirado a mucho más. Pero incluso así, la suerte de su hija mayor se veía ahora enturbiada por la imposibilidad de quedar embarazada y formar una familia con hijos propios, que era el objetivo principal de la mayoría de las mujeres y mucho más de la propia Maira.

Ileana por su parte lo único que podía hacer era consolar a su hija brindándole su consejo y, sobre todo su cariño.

Aunque Maira tampoco esta vez se dio por satisfecha.

El año 1928 comenzó con un acontecimiento especial: el famoso aviador Charles Lindbergh, con su avión el Espíritu de St Louis, descendió en el campo de aviación de Maracay el 29 de enero. Como fue un acontecimiento nacional, Javier no pudo decir que no a las invitaciones de que fue objeto por parte de sus amigos de la capital. Al final hizo presencia al ser invitado para la ocasión. Lindbergh fue recibido entonces por una comitiva del gobierno del General Juan Vicente Gómez encabezada por él mismo, en la que estaban algunas personas influyentes de su gobierno, así como también Roberto Scholtz, fundador principal de la emisora de radio AYRE, recién inaugurada dos años antes. La radio desde el principio había sido de gran influencia en la construcción de la identidad cultural de los venezolanos. Fue uno de los principales instrumentos para informar, entretener y enseñar a una población que estaba saliendo de su pasado rural para convertirse en una nación internacional y progresista.

El aviador había viajado a Venezuela para asesorar al gobierno sobre la recién fundada Aviación Venezolana, que ya contaba con algunos pequeños aviones. Más de 4.000 personas lo siguieron en su visita a Venezuela, que se extendió por varios días siendo huésped de honor del Benemérito.

Entretanto la vida transcurría como siempre en la familia de Javier y Alba. Aparte de las celebraciones de cumpleaños, bautizos y primeras comuniones, así como algunos paseos que se organizaban para la familia, todo lo demás seguía su curso en armonía. No obstante, Maira continuaba sin haber tenido la descendencia que ansiaba. En su desesperación, decidió acudir a Candelaria, la niñera de Alba, quien en algunas de sus conversaciones le había comentado que su padre se dedicaba a ensalmar a mujeres que no podían quedar embarazadas para ayudarlas a concebir.

Abdu, "el maestro" como muchos le decían, y hasta sus hijas se referían así a él, también era famoso porque se comunicaba con las fuerzas "del más allá" y era capaz de ver lo que muchos no podían. Maira entonces pidió a Ileana que la acompañara a verlo. La convenció para que le dijera a su primo Gustavo que las llevara hasta Higuerote con el objetivo de acudir al padre de Candelaria y Coromoto en un intento de que la ayudase a tener el tan deseado hijo.

Al final la madre accedió y convenció a su primo para que las llevara a ver al "maestro" en aquella apartada población de la costa del estado Miranda. Candelaria recomendó a Maira que le llevara un velón. Era solamente lo que el brujo pedía como pago de la consulta, aunque también aceptaba de buena gana las propinas que le dejaran.

Al final, Ileana y Maira se dirigieron a Barlovento con Gustavo. Después de bajarse en el cruce de caminos donde se encontraba la choza de Abdu, Gustavo prometió pasar a recogerlas luego de dos horas. Al llegar a la cabaña, vieron a un hombre de piel muy oscura y pelo corto, blanco rizado, descalzo con pies calludos, llevando solo un pantalón de lona arremangado hasta la rodilla y con el pecho desnudo. Las recibió sentado en una rama baja de un árbol de uva de playa. El patio delantero de la choza estaba cubierto de arena dura, sin más vegetación que este tipo de árboles.

El "maestro" hizo pasar a Maira a una pequeña habitación en su choza con tan solo un tragaluz por ventana en el techo. En un rincón había un pequeño altar con estampas de diferentes santos y muchas velas encendidas. Cuando encendió el velón que ella traía al mismo tiempo que un tabaco habano, el aire se hizo aún más denso. En ese instante fue cuando Maira pudo ver cómo los ojos del brujo, al fumar, se ponían blancos y empezaba a tener una especie de trance repitiendo una oración como letanía, que ella pensó era la comunicación que tenía con sus santos. Luego de algunos minutos interminables el hombre volvió en sí. Abrió la puerta y le dijo que esperara allí hasta entregarle unas hierbas que tendría que tomar en infusión diariamente durante un mes. Eso la prepararía, aseguró, para una pronta concepción.

Pero al término del mes durante el cual tomó "la medicina", Maira enfermó severamente del estómago. Tuvo vómitos y convulsiones. Ignacio, que no estaba enterado de lo que había hecho su esposa, alarmado, la llevó al hospital de Valencia donde le hicieron un lavado estomacal y le prescribieron un tratamiento para que pudiera volver a comer y digerir con normalidad. Maira perdió mucho peso, teniendo que descansar durante un buen tiempo para recuperarse. Así terminó su vano intento por quedar embarazada, y comprendió que ni la magia podía solucionar su esterilidad. De manera que se resignó a ella, pero el fracaso amargó aun más su carácter.

Con el fondo de aquel cuadro grotesco, cansada de tanta comedia familiar, Inma decidió finalmente dejar la casa tal como muchas veces se lo había planteado. En muy poco tiempo obtuvo una plaza como ayudante en un convento de las Hermanitas de la Caridad, con lo cual concretaba de igual forma su deseo de retirarse de la vida mundana, y satisfacer sus profundos sentimientos religiosos. Allí tendría la posibilidad de seguir rezando por el alma de su amado.

El 6 de febrero la Federación de Estudiantes de Venezuela comenzó a celebrar la Semana del Estudiante, cuya agenda secreta preveía una serie de movilizaciones contra el régimen de Gómez. Aprovechando las fiestas de Carnaval, ese mismo día los estudiantes desfilaron hacia el Panteón Nacional, donde la reina electa de los carnavales colocó una corona de flores en el sarcófago de Simón Bolívar. Aprovechando la situación, varios dirigentes estudiantiles como Jóvito Villaba, Joaquín Gabaldón Márquez y Rafael Angarita Arvelo, tomaron la palabra arengando con discursos de notorio corte antigubernamental. Al día siguiente tuvo lugar la tradicional caravana de carrozas y disfraces. Seguidamente se celebró un recital poético en el Teatro Rívoli en el que participaron Miguel Otero Silva, Fernando Paz Castillo, Antonio Arraiz y Pio Tamayo. Este último leyó para la ocasión el poema *Homenaje y Demanda*, de su propia autoría. En medio del exaltado fervor político contra el régimen, mezclado con el ambiente festivo, los estudiantes dieron rienda suelta a su descontento imponiendo el baile de "Saca-la-patajala", lo que era una burla directa hacia la cojera del General Gómez.

Los hechos se desencadenaron con toda la crudeza e intensidad posible el 13 de febrero, último día de los festejos estudiantiles, cuando el estudiante Guillermo Prince Lara destruyó una placa con el nombre de Juan Crisóstomo Gómez, el hermano asesinado del dictador, colocada en el Instituto Anatómico de la Universidad Central. Sintiendo la gota que colmó el vaso de su paciencia, Juan Vicente Gómez no esperó más y como represalia ordenó el arresto de todos los estudiantes que participaron en las manifestaciones, así como la destitución del Rector de la Universidad. Rómulo Betancourt, Jóvito Villalba, Pío Tamayo y Guillermo Prince Lara, dirigentes universitarios, fueron recluidos en el Cuartel El Cuño. Un total de 214 estudiantes que se hicieron solidarios con ellos fueron enviados a la cárcel "El Castillo del Libertador" en Puerto Cabello.

La respuesta fue la reacción exacerbada por parte de la opinión pública en favor de los estudiantes. Se organizaron acciones de protesta en las calles, que se llenaron de personas opositoras al régimen. Incluso los trabajadores del sector comercial y de los tranvías de Caracas paralizaron sus actividades. Por añadidura, hasta las clases media y alta también protestaron. En vista de la reacción desatada, el presidente decidió poner en libertad a los estudiantes detenidos. Aunque ni aun así eso calmó los ánimos.

Alentados por el curso de los acontecimientos, algunos oficiales descontentos con el régimen decidieron pasar a la acción. Estaban al tanto de que Javier podía suministrarles armas para apertrecharlos en la conspiración que se estaba fraguando para comienzos de abril. En este orden de cosas, contactaron secretamente con él. Javier tenía aún en su poder las armas que se habían comprado para el intento de alzamiento de unos años atrás, las cuales no se habían usado ya que la conspiración fracasó. Pero hacían falta más armas y munición para extender la rebelión. Por este motivo, e incentivado por la suma de dinero que le ofrecieron, Javier redobló la apuesta: las ganancias eran demasiado tentadoras para su ambición. Encargó otro lote que vendría de Europa, donde las fábricas de armas estaban en pleno apogeo de producción. Éstas tardaron seis semanas, más o menos, en llegar al puerto de La Guaira en barco.

En esta ocasión, no hubo dilaciones ni pérdida de tiempo. Apenas llegaron las armas al puerto, ocultas convenientemente en los contenedores en los que habitualmente Javier trasladaba los productos de importación que abarrotaban su negocio de ultramarinos, junto a sus ayudantes las sacó en sus propios camiones. Rápidamente las llevaron hasta una finca en el campo en donde habían decidido entregarlas secretamente a los conspiradores. A cambio, recibió la suma que habían pactado: una auténtica fortuna que debería ingeniárselas para no sacarla a la luz de inmediato, lo cual hubiera puesto en evidencia un aumento muy sospechoso de su ya enorme riqueza.

Semanas después, un grupo de oficiales del Ejército liderados por Rafael Alvarado Franco y Rafael Barrios se sublevó en contra del régimen. Rafael Alvarado Franco era un joven instructor de artillería nacido en 1898 en Nirgua, estado Yaracuy, quien fuera enviado a Perú para hacer cursos de especialización y mejoramiento. El joven, influido por las ideas de democracia recogidas desde Chile se apoyó en el descontento popular manifestado en los Carnavales para justificar el levantamiento. Se trataba de un grupo nutrido compuesto por algunos de los principales dirigentes estudiantiles y por militares insurrectos que habían sufrido innumerables desprecios y vejaciones por parte de Gómez y su nepótico gobierno. También lograron incorporar a los trabajadores de algunas fábricas así como también a algunos funcionarios públicos que se sentían explotados y oprimidos.

La conspiración estalló al amanecer del día 7 de abril en el cuartel de Miraflores, sede simbólica del Poder Ejecutivo, ya que Gómez normalmente gobernaba desde Maracay. Llegaron a tomar algunos cuarteles, pero el movimiento fue reprimido con el funesto resultado que desencadenó el arresto y la detención de todos sus cabecillas, a excepción de Raúl Leoni y Rómulo Betancourt, que consiguieron escapar a Colombia y Curazao respectivamente. Todos los involucrados en la sublevación fueron apresados y juzgados bajo condiciones inhumanas y torturas. El capitán Alvarado murió en la temible prisión de Puerto Cabello.

Una vez más Javier Olavide pareció salir indemne de la situación, sin que al parecer nadie lo hubiese involucrado en el tráfico de las armas que habían servido para el levantamiento. Pero desafortunadamente para él, no era así. Lo que Javier no podía saber era que en medio de la tortura y los castigos permanentes a que eran sometidos en La Rotunda, algunos militares rebeldes que habían participado en la entrega de las armas habían dicho su nombre a los encargados de la represión.

Así fue que una madrugada, uno de los oficiales encargados de las tareas de inteligencia de la prisión se presentó inesperadamente en ella y le dijo al centinela que dirigía la custodia de los detenidos:

—A ver, sargento, búsqueme la situación del reo Eustaquio Contreras.

El aludido abrió unos archivos y rebuscó entre las fichas hasta dar con la requerida.

—Contreras, Eustaquio. Trabajador en una fábrica de vidrio en Maiquetía hasta la fecha del alzamiento. Sospechado de adhesión a ideas anarquistas. Se unió al movimiento rebelde y participó del intento a la toma del Cuartel de San Carlos. Apresado en la acción. No parece haber tenido un papel importante, sino solamente carne de cañón de los revolucionarios. Fue sometido a diversos interrogatorios, pero aseguró siempre no saber nada más que lo que ya sabemos sobre los conspiradores. Buena conducta durante su confinamiento —informó.

—Mmmm, podría ser la persona adecuada... —murmuró el oficial para sí. Y ordenó: —¡Tráiganlo a mi presencia ahora mismo!

Contreras era un hombre de piel cetrina y pelo renegrido, con las características físicas propias de su clase social. Ser llamado a una hora tan intempestiva le dio muy mala espina. La madrugada era la hora en que habitualmente se sacaba a los reos para fusilarlos. No obstante, se presentó tratando de demostrar virilidad y orgullo.

—Oiga, Contreras —lo interpeló el militar sin pérdida de tiempo —me han informado de que usted, a pesar de haberse soliviantado en contra del gobierno de la patria, es una buena persona y se dejó llevar por la cháchara de esos delincuentes. Para que lo sepa, voy a contarle algo importante, y es que ese movimiento fracasó porque hubo un traidor que denunció todo antes de que se iniciara.

El otro hombre permaneció en silencio, aunque no pudo evitar levantar la cabeza intrigado cuando escuchó aquellas palabras.

—Efectivamente —siguió el militar —la persona que los delató fue precisamente quien les vendió las armas para el levantamiento. Nosotros ya lo sabemos, pero no podemos acusarlo formalmente porque no hay pruebas suficientes y además, se trata de un hombre muy influyente, de una posición económica poderosa en su comunidad. Pero creo que un traidor merece pagar su cometido, ¿no piensa usted lo mismo?

Y continuó, sin que el reo le hubiese dirigido la palabra:

—Tengo una propuesta para usted. Ya sabe que traicionar la buena fe del Presidente y su gobierno significa la cárcel para siempre, si no algo peor todavía. Pero como estoy convencido de que usted no es mala persona, y estoy seguro de que quiere volver a ver a sus familiares y que su vida vuelva a ser la de antes, le voy a dar una oportunidad.

Contreras se estremeció ante lo que estaba escuchando, pero se mantuvo erguido y preguntó:

—¿Y qué es lo que quiere que yo haga? ¿Para qué soy bueno?

—Vea, —dijo el otro —es muy sencillo. Usted se toma venganza de ese traidor por culpa de quien está en prisión, que se lo merece, y a nosotros nos quita una molestia de encima sin que nadie pueda decir que hemos cometido algo ilegal. Los dos salimos favorecidos, ¿no? A cambio, después de matar al traidor, usted vuelve a Maiquetía, a la casa de su familia, y nosotros nos olvidamos de lo que hizo. Eso sí, se olvida para siempre de tonterías revolucionarias y esas cosas, porque nosotros vamos a seguir sabiendo dónde está. ¿Está claro?

—Está claro —respondió el reo, dando así a entender que aceptaba la propuesta.

Al día siguiente, salió de la prisión y nadie supo adónde se dirigía.

A pesar de estar convencido de haberse librado por segunda vez de las delaciones, Javier tenía perfecta conciencia de que había quedado en una posición muy delicada. Por eso empezó a espaciar cada vez más sus apariciones fuera de Las Termas, en donde su imagen seguía siendo la de un exitoso y rico empresario que todo lo había logrado en base a la expansión de sus negocios, desde aquel ya lejano tiempo de la oficina de telégrafos, hasta la sólida empresa de transportes por carretera y el control de las importaciones en una amplia zona geográfica alrededor de su propia pulpería. Lo que no sabían los vecinos que admiraban y envidiaban al mismo tiempo a Javier Olavide, era que parte de esas importaciones había consistido en las armas que ya en dos oportunidades habían servido para intentar derrocar al régimen. Más aún y merced a su destacada posición social, él confiaba en que nadie sospecharía, y que difícilmente podría probarse su participación en esos intentos.

Y eso sí: decidió apartarse definitivamente y para siempre del negocio clandestino del tráfico de armas. Ya había ganado suficiente dinero como para seguir poniendo en riesgo su cabeza y a su familia.

Entretanto, el tiempo corría y al año siguiente, en 1929, Alba dio a luz a Eleonora, la última hija del matrimonio. Ya hacía tiempo que Javier, lejos de su temperamento fogoso de los años mozos, había abandonado la costumbre de perseguir a cuanta muchacha bella tuviera a su alcance y vivía, sin pasión pero también sin disgustos, en la tranquilidad madura de un matrimonio sosegado y sereno. Sin embargo, conservaba en lo más íntimo de su ser un secreto que lo hacía sufrir a pesar de los muchos años transcurridos: el secreto de la única mujer a la que, quizás, había amado verdaderamente. Y ese secreto, se había jurado a sí mismo, lo conservaría hasta el día de su muerte.

Lo que no sabía Javier Olavide, era que ese día ya no estaba lejos.

El último día de su vida, Javier se levantó muy temprano, como siempre. Después de tomarse su cafecito de la mañana, se dirigió a la pulpería para ver cómo iban las cosas allí. Necesitaba comprar algunos artículos y por lo tanto viajó temprano a Valencia para abastecerse de esas provisiones y al mismo tiempo aprovechar para ver al Notario.

Hacía ya algunos meses que Don Javier estaba pensando en cambiar su testamento. Había puesto la mayor parte de su patrimonio a nombre de su sobrino Ignacio, con la condición de que éste se casara con Maira, su cuñada. Sin embargo, al pasar el tiempo, se había dado cuenta del carácter endemoniado que tenía Maira, que de paso mantenía a su sobrino de mal humor porque era ella quien imponía su voluntad en cuestiones de su matrimonio y el resto de la familia. Maira tampoco se llevaba bien con Alba, por motivos que solo ellas sabían. Había decidido discutir con el Notario alguna fórmula testamentaria que equilibrara el poder casi total que había otorgado a Ignacio en sus negocios, porque comprendía que su plan de proteger a la familia de su mujer, por medio de haber casado a la hermana mayor de Alba con él, estaba tomando un vuelco inesperado a raíz de la actitud de ella, cada día más enfrentada a su propia familia.

Sin embargo, ese día el Notario no estaba en su oficina. Don Javier pasó parte de la mañana haciendo diligencias en Valencia, hasta que volvió a eso de las cinco y media de la tarde. Lo primero que hizo fue descargar los insumos que había comprado y luego fue a su casa a cenar. Alba lo recibió cariñosamente y cenaron juntos. Luego se fue, como de costumbre al bar de su propiedad. Casi todos los días, después de organizar sus cuentas, pasaba por allí para enterarse de cómo habían ido los negocios, y de paso, tomarse una copita.

Al poco tiempo de haberse ido él, Alba vio que una centella iluminaba la noche por fracciones de segundo, luego escuchó el trueno y su corazón dio un vuelco estremeciéndose por un instante. Siguió un silencio sepulcral interrumpido tan solo por el silbido de un alcaraván, que comunicaba la presencia cercana de algún depredador. Un arrendajo solitario le replicó para espantar los malos espíritus de la noche. Entonces escuchó al perro de Javier aullar, lo que le pareció aún más extraño, porque nunca aullaba cuando había tormenta.

En ese momento se desató una tormenta eléctrica como una reacción en cadena con rayos, truenos y centellas, por unos interminables minutos que produjeron un corte de electricidad, antes de que empezara a caer una fuerte lluvia torrencial, lo que hizo que Eleonora, que para entonces tenía casi dos años, se despertara llorando. Alba la tomó en sus brazos y le habló con dulzura para calmarla mientras la mecía de un lado a otro.

Unos minutos más tarde, sonó el teléfono y Alba tuvo el presentimiento de que algo terrible había pasado. Al descolgarlo, escuchó la voz de Ignacio hablándole quedamente.

-Tía, le acaban de disparar a tío Javier.

Capítulo 10

El camión avanzaba a la máxima velocidad que le permitía aquella carretera. Con las manos aferradas al volante y la mente concentrada en el camino, Ignacio se preguntaba al mismo tiempo cuál podía ser la razón de lo ocurrido, qué motivos podría haber tenido aquel hombre desconocido que había disparado contra su tío Javier.

En la parte de atrás del vehículo, el moribundo empezaba a delirar mientras una lividez desteñía su rostro. En su delirio Javier Olavide iba contando los minutos, desde el momento en que le dispararon, con la convicción de que no le quedaría mucho tiempo antes de llegar al centro médico más cercano. Trataba de no pensar nada más que en el presente, aferrarse a la vida segundo a segundo sin dejar que su mente se dejara atrapar por pensamientos que lo distrajeran, que lo hicieran relajarse y abandonar sin darse cuenta esa lucha que podía ser la última. Pero no lo consiguió. Como en una película, una interminable sucesión de imágenes comenzó a pasar hacia atrás, impresiones nítidas secuenciadas en fracciones de segundo.

Lo primero que revivió en aquel último viaje por la carretera hacia su destino, fue el extraño temor que sintió al ver pasar, cerca de él, al jinete misterioso en su caballo. La sensación que le siguió fue su decepción, esa misma mañana, por no haber encontrado al Notario en su despacho y supo que si moría, no habría llegado a tiempo para cambiar su testamento. Luego se serenó con el recuerdo de las gratas tertulias en Caracas, así como también las charlas y negocios que compartía en las aguas termales del pueblo, cuando se reunía con personajes influyentes. Seguidamente, fue escalonando sus pensamientos, de menor a mayor, con el nacimiento de los hijos que le diera su esposa Alba, recordando el día que luchó contra sus sentimientos cuando nació la primera, enojado como estaba por no haber sido un varón. De inmediato recreó su boda, la iglesia, la fiesta con orquesta, la familia, los amigos, así como también su luna de miel en el puerto. Sintió de nuevo su alegría cuando Ignacio, después de su largo viaje de juventud, volvió al pueblo para luego hacerse cargo de su flotilla de camiones.

Enseguida, el aroma del cabello de Beatriz López lo envolvió en una fragancia familiar, la hermosa hija del que fuera su primer empleador. Sintió el dolor punzante en su estómago cuando supo que su hijo le había nacido muerto, aunado con el presentimiento de que éste podría haber sido su hijo también. Más atrás aún, rememoró su orgullo al recibir la concesión del teléfono y telégrafo en su pueblo, cuando se se vio en medio de la algarabía durante la inauguración del ferrocarril.

Pero los recuerdos, misteriosamente, parecieron desacelerarse bruscamente cuando se enfrentó al momento en que su padre,

Nicanor Arreaza, tomó la decisión que le cambiaría la vida para siempre: echarlo de la casa y dejarlo sin herencia.

En todos los años que siguieron desde entonces, jamás nadie había sabido qué fue lo que pudo haber ocurrido entre ellos para provocar tan drástica y dramática decisión. Sólo ellos dos, padre e hijo, podrían haber develado ese enigma que persiguió durante décadas la imaginación de quienes conocían aquel evento de su historia personal. Pero Nicanor, el padre, se encerró en su finca y sin acceder nunca a explicar lo ocurrido se llevó el secreto a la tumba. Y el propio Javier, el hijo, estaba ahora a punto de hacer lo mismo. Cuando recordó la escena, a bordo del camión que lo trasladaba hacia el hospital, tuvo súbita conciencia de que su muerte hundiría para siempre aquel secreto. Y decidió respetar, aun previendo la cercanía de su muerte, aquella decisión que había tomado tanto tiempo atrás. Había alguien más sin embargo, recordó amargamente, que conocía aquel secreto, pero tampoco podría jamás revelarlo: ella también había muerto.

Edurne, la hija de su padre, su medio hermana con quien se había criado en aquellos lejanos tiempos, acostumbraba ir por las tardes con sus amigas a sumergirse en las burbujeantes y sulfurosas aguas termales del pueblo, que eran muy famosas por sus cualidades curativas. Era para ella como un bálsamo apaciguador de sus inquietudes más íntimas.

Un día, Edurne decidió regresar a casa por su cuenta, disfrutando de la brisa tibia. Absorta al contemplar el atardecer, en su camino inesperadamente se topó con Javier, que estaba con sus aparejos de pintura en un claro del terreno. Ensimismado, Javier trataba de esbozar las colinas de terciopelo verde, bañadas de cambiantes matices que se veían a lo lejos bajo el cálido sol del atardecer, entre los arreboles rojos, anaranjados y amarillos. También quería pintar los árboles en hilera a orillas del río. Pensando al mismo tiempo cómo plasmar el viento tibio cargado de salitre que venía del mar, acariciando las ramas más altas donde las gaviotas anidaban.

Como caída del cielo por cuanto no hizo ningún ruido, al verla con su vestido de algodón blanco marcando las curvas de la piel pálida de la muchacha, Javier se sintió abrumado al mismo tiempo que sorprendido. Su hermana se le aparecía en ese momento como un ser ingrávido caído del cielo. Nunca antes la había visto como mujer, tan hermosa como se presentaba ante sus ojos. Dando un salto casi imperceptible se plantó delante de ella. Por unos instantes que a ambos les parecieron siglos, quedaron uno frente al otro mirándose a los ojos fijamente sin saber qué hacer o decir.

Javier rompió el silencio en un rapto de inspiración, pidiéndole que posara para él con la luz del crepúsculo iluminando su hermosa figura que se presentía bajo el tenue vestido. La brisa marina acariciaba su pelo casi rubio, ondulante y natural, tan largo que le llegaba hasta más abajo de la cintura. La estampa le recordaba la figura de un ángel dibujado en un cuadro que había visto en alguna parte cuando niño.

—No puedo quedarme mucho tiempo fuera de casa, ya sabes —le dijo Edurne a Javier apartando la vista de sus ojos.

Acercándosele aún más y al mismo tiempo respondiéndole suavemente, él contestó:

—Solo será por poco tiempo.

Y tomándole las manos continuó:

—Si no puedes posar, al menos me gustaría grabar tus facciones y tu cuerpo en mi mente, para pintarte en un cuadro aun si no pudiéramos estar juntos. Si me dejas hacerlo, claro.

—Bueno —fue lo único que salió de los labios de ella, confundida, sintiendo un poco de vergüenza a la vez.

Javier, cauteloso, cerró los ojos. Con sus manos fue recorriendo las facciones perfectas, el pelo largo y perfumado a jazmín que bañaba su espalda como una cascada animada por el viento, hasta la cintura. Cuando sus manos se deslizaron desde el vientre y empezaron a subir hasta el corpiño se detuvo bruscamente, comprendiendo que había llegado a los redondos y firmes pechos de la joven. Edurne se estremeció desde los pies hasta la cabeza ruborizándose por fracciones de segundos, pero a su vez deseando que la magia del momento no desapareciera.

Javier pensaba cómo podía existir tanta perfección en esa hermosa joven. Aun sabiendo que Edurne era para él su propia hermana, aunque de madres diferentes, no podía evitar sentir la turbación y la llegada irrefrenable del deseo que sentía en su propio cuerpo. Con estos pensamientos, le sobrevino la tentación de enredar sus dedos en la cascada perfumada que brotaba de la cabeza de ella. Muy a su pesar, no luchó contra el irresistible impulso de sus deseos hasta alcanzar sus labios y besarlos con infinita ternura. Edurne sintió los fuertes brazos del joven acariciándola, y cuando los labios de él se posaron en los suyos, se dejó llevar por el hechizo que los envolvía.

Había empezado a oscurecer cuando Javier recogió sus aparejos de pintura y tomando la mano de la joven caminaron juntos hacia el río. Al llegar bajo un frondoso árbol, desnudos los amantes se fundieron en un abrazo infinito. Sin prisas se entregaron, embriagados en la nube de almizcle que brotaba de sus cuerpos. Olvidándose del tiempo y sumidos en su delirio, solo tuvieron consciencia de su alrededor cuando dos cocuyos empezaron a iluminar la oscuridad de la noche. Como reacción en cadena, vinieron otros dos con sus luces, y otros más que parecían responderles, al punto de que los amantes quedaron envueltos en una nube titilante de luces intermitentes que los hizo volver en sí. Los dos jóvenes, riéndose al ver lo que estaba sucediendo a su alrededor, fueron corriendo al río donde se zambulleron en el agua fría que los hizo recapacitar. Salieron del agua, se vistieron rápidamente y juntos se fueron de regreso a casa.

Desde aquel primer encuentro, Edurne quedó prendada de la forma amorosa y delicada con que Javier la trataba. No había estado nunca antes en los brazos de otro hombre. Pero al mismo tiempo surgieron en ella sentimientos encontrados: ¡era su hermano! Podía comprender lo grave que era lo que les estaba sucediendo, pero ¿cómo negarse a disfrutar las delicias de tanto amor?

Y sin darles tiempo a reflexionar lo que hacían, el amor los envolvió en la inconsciencia por lo que sus encuentros continuaron. Se veían en secreto, casi siempre en las orillas de aquel río que había sido el único testigo de su primer abrazo. Hacían el amor escondidos entre los brezales descubriendo cada uno los rincones de sus jóvenes cuerpos ardientes. Al paso de los días y las semanas, se hizo costumbre entre ellos que Javier, después de recoger sus aparejos de pintura y ella se acomodara el vestido, y él le quitara del pelo o la ropa algún vestigio de sus momentos de pasión, se separaran y regresaran a la casa por caminos diferentes para evitar cualquier sospecha.

Hasta que un día Edurne empezó a sentirse enferma: casi no comía y sentía unas náuseas muy fuertes por las mañanas, su carácter había cambiado, estaba irritada y sensible por todo y por nada. Evitaba hablar con la familia y tampoco quería salir, ni siquiera para ir a misa los domingos. Pensó entonces que la razón de esos cambios y de su malestar era la agobiante sensación de estar haciendo algo que no sólo era uno de los pecados más graves que condenaba su religión, sino también un comportamiento que si era descubierto acarrearía el deshonor de su nombre para el resto de su vida, y también el de toda su familia.

Javier trató de convencerla para que no terminaran con su relación utilizando todos los argumentos que encontró a mano, pero también él sabía que el único argumento válido era el del amor que sentían el uno por el otro, pero que ese argumento de nada valdría frente a los tabúes y prejuicios de la sociedad que los rodeaba. Y soportó con un gran sufrimiento, pero al mismo tiempo poniendo en ello toda la entereza de su voluntad, el hecho de que tuvieran que dejar de verse y disfrutar de sus clandestinos amores prohibidos.

Poco tiempo después, Edurne descubrió que su cintura empezaba a perder la forma, lo que lograba al principio ocultar con vestidos más holgados. Sin embargo fue su madre la primera en darse cuenta. Edurne no pudo ocultarle la verdad porque ella misma, a pesar de su todavía joven inocencia, se daba cuenta de lo que estaba pasando. Ambas acudieron secretamente a la casa de Juan José, el tío de Javier, quien les confirmó su embarazo. Juan José indagó, con mucho tacto y ternura pero con la firmeza necesaria en esos casos, y consiguió que la muchacha confesara quién era el padre de la criatura.

Era imposible ocultarle la situación a Nicanor, el padre de ambos, quien al momento de enterarse mandó a llamar inmediatamente a su hijo. Javier trató de explicarle a su padre la situación, pero éste no le dio siquiera oportunidad de expresar su opinión y menos sus sentimientos. Había pecado de incesto con su propia hermana. Indignado, le anunció que a partir de ese momento lo repudiaba como hijo, y echándolo de la casa le exigió que nunca más volviese a presentarse ante él.

El enfrentamiento había ido subiendo en intensidad hasta el punto de que estuvieron a punto de llegar a las manos, aunque el hijo comprendiendo que todo sería en vano, optó por retirarse y aceptar el castigo. Enseguida, Nicanor Arreaza se presentó ante el Notario, a quien hizo redactar un documento por el cual desheredaba a su hijo Javier de todos sus bienes presentes y futuros. La relación entre ambos había terminado para siempre. Más aún y quizás para sellar el sentimiento de rencor hacia Nicanor, no sólo por haberlo desheredado sino también por todos los conflictos vividos en su adolescencia, Javier por su parte también fue a ver al Notario, para pedirle que redactara un documento donde se quitaba el apellido de su padre para dejarse solamente el de su madre. Y desde entonces se llamó Javier Olavide.

Al término del embarazo, Edurne tuvo un hermoso bebé, producto del amor, al que llamó Ignacio Arreaza. Como todos los que habían participado de aquella historia, ella también juró que nunca diría nada sobre el verdadero padre de su hijo. Javier hubiese estado dispuesto incluso a aceptar su paternidad, pero sabía que eso era algo inaceptable en su familia, que como todas en aquellos tiempos se regía de una manera absoluta por las normas de la sociedad y de la religión. Y un hijo fruto de una relación incestuosa, aun cuando se tratase de hermanos solo por parte de uno de los progenitores, jamás sería comprendida ni aceptada. Por esta razón se vio obligado no sólo a abandonar el amor más puro e intenso que había sentido hasta ese momento, sino al propio hijo que ese amor había engendrado.

La familia presentó a Ignacio como fruto de un desliz de Edurne, lo que para siempre la colocó en el papel de madre soltera despreciada por todos. Era preferible eso a admitir que era hijo de dos hermanos. Javier tuvo que resignarse a ser considerado solamente como uno de los tíos (el otro era Miguel, el hijo menor de Nicanor) del recién nacido.

Javier se marchó del pueblo sin saber que la vida volvería a traerlo a Las Termas muchos años después, para asistir a la muerte de su padre y de su amadísima hermana sin haber traicionado nunca el secreto que le habían impuesto. Fue por eso que, cuando Ignacio regresó después de haber vivido un tiempo en Canarias, se alegró de haber podido darle poco a poco la responsabilidad de sus negocios, de haber comprobado al cabo de los años la inteligencia del muchacho, de ese hijo al que todos (el mismo Ignacio incluido) creían su sobrino, y por fin haberle dejado la mayor parte de su patrimonio en herencia, esa herencia que su propio padre le había negado a él. Aunque recordó con amargura que Maira, a quien le había impuesto a Ignacio para que fuera su esposa para asegurar también el futuro económico de Alba y los hijos que había tenido con ella, había traicionado esa confianza. Se vio impotente al no haber llegado a tiempo al Notario, justo esa misma mañana, para cambiar sus disposiciones testamentarias antes de que fuera, como efectivamente puede que estuviera siendo ahora, demasiado tarde.

Como en un milagro mágico, el tiempo se había detenido mientras Javier recordaba detalladamente aquellos momentos. Pero lo que él, ya en su delirio moribundo no podía saber, es que aquello solamente había ocurrido dentro de su mente. Fuera de ella apenas si había transcurrido una fracción de segundo, una delgada lámina de tiempo que permanecía imperceptible al regular movimiento del camión que lo transportaba hacia el hospital de Valencia en un supremo intento de evitar lo que ya era inevitable.

Y después de aquella delicada y precisa memoria de un momento crucial para su vida, después de que su mente navegase azarosamente entre la amargura del rechazo por parte de su padre y la dulzura de los recuerdos de su hermana, quizás -lo comprendía recién ahora- la única mujer a la que había amado de verdad en su vida, el vértigo regresó a su delirio y la vuelta hacia atrás volvió a acelerarse.

Casi sin ser consciente de ello, volvió a ver maravillado los bucares floridos cubriendo como un manto los verdes cafetales que embalsamaban el ambiente de su adolescencia. Revivió el casi olvidado momento en que viajó, de niño, durante semanas en un barco, su vaivén, la brisa húmeda y salada acariciándole el rostro. Y percibió el aroma de su madre abrazándolo suavemente, cantándole una canción de cuna en euskera al calor del hogar.

Entonces sintió que le faltaba el aire, tuvo un espasmo y, en un último y misterioso relámpago de conciencia, comprendió que estaba muerto.

Sobre la autora

Carmen Blanco Olaizola nació en Caracas, Venezuela, a mediados del siglo pasado.

Es Licenciada en Educación Integral, Mención Lengua y Literatura por la Universidad Nacional Abierta de Venezuela. Hace más de 20 años que vive en Londres, donde obtuvo un Máster en Educación (*MA in Lifelong Learning and Education - Middlesex University*). Años más tarde completó un Post-grado en Educación *(PGCE – Post-Graduate Certificate in Education)* en *Institute of Education University of London.*

Ha trabajado en Londres como Profesora de Español en diferentes institutos de educación de adultos para la obtención de los certificados: Spanish GCSE, Spanish A-Levels y DELE. También ha sido Profesora de Inglés ESOL. Así mismo se ha desempeñado como Examinadora de Español para organizaciones gubernamentales británicas (Ministerio de Exterior -FCO- y Ministerio de Defensa -MoD-. Ha sido intérprete y traductora en diferentes campos, tanto privados como los servicios públicos del Reino Unido. Además ha trabajado como Community Assessor para Metropolitan Police.

Carmen ha escrito cuentos y ensayos, y también ha colaborado en estudios científicos sobre la adquisición y desarrollo psicosocial del lenguaje.

INDICE

Printed in Great Britain
by Amazon

77248521R00113